말 꿈 몸

일러두기

1. 차례에는 시의 제목만 옮겨놓는다. 목록에 포함된 공백은 시집의 부(部)를 의
   미한다.
2. 시편 사이에 논문, 구술 기록, 기사, 사진, 그림 등이 발췌 수록되어 있다. 이
   책의 모든 시는 인용된 참고 문헌과의 영향 관계 아래에서 쓰이고 배치되었다.
3. 원고에 수록된 해외 논문의 경우 저자가 직접 번역하였다.

김선오 시집

어떤시집 01

말 꿈 몸

차례

불결한 무(無)　14

하나　32

둘　34

깃과 기척　42

부서진 시간을 부수는　54

소리　68

밝고 밝아 보이는 세계　78

길들이는 살　90

소금 바다　94

다 카포　98

환영의 맛　110

무빙 이미지―그리고 백 개의 휘어짐　114

부르는 불　120

Type it.　122

합창　130

내 꿈을 베껴　145

화이트보이스　154

작업 노트　156
발문 | 전설은 셀프 · 이반지하　162

꿈 이야기를 해주겠다고 했다.

절룩거리며 꿈이 내 앞을 지나가. 풍경에 난 커다란 상처처럼 지나가. 그러다 머물러. 나는 꿈을 바라봐. 꿈도 나를 바라봐. 꿈의 눈이 나를 거슬러 올라. 나의 걸음을 거슬러 올라. 꿈이 나를 기억해. 꿈이 나를 보관해. 나는 꿈에게 펼쳐져. 꿈의 한 획으로 그어져. 그리고 지워져. 풍경이 우글거려. 우글거리는 눈이 내려. 구름으로부터 꿈속으로 내려. 꿈은 추워해. 계속 추워해. 떠는 꿈을 바라봐. 꿈은 다시 지나가. 나는 걸어가. 나는 절룩거려. 평생에 걸쳐 절룩거려.

예로부터 특별한 상징물이 등장하는 꿈을 꾸면 태아를 임신할 징조로 여기고, 상징물의 해석을 통해 태아의 성별과 미래의 운명을 예측했다. 태몽을 꾸는 사람은 주로 아이를 낳을 어머니이며 남편 또는 조부모나 외조부모, 심지어는 같은 마을에 거주하는 사람이 대신 꾸기도 한다. 태몽을 꾸는 시기도 임신을 알기 전, 임신 기간, 출산 후 등으로 다양하다. 한편, 태몽에 관한 신뢰도는 매우 높은 편이다. 1970년대에 행해진 한 조사에 의하면 전체 1,342명의 제보자 가운데 1,220명이 태몽이 맞았다고 응답했다. 태몽에 나오는 상징물은 천체(해·달·별)나 동식물(호랑이·늑대·돼지·황소·토끼·고양이·구렁이·우렁이·조개·잉어·꽃·난초·새), 자연물(산·바위), 도구 및 장식물(가위·가락지·비녀·실·시계), 인물(동자·선녀·군인·예쁜 사람), 기타(비행기) 등으로 매우 다양하다. 사람들은 이처럼 다양한 상징물들을 유감주술이나 접촉주술 혹은 음양오행의 원리에 따라 해석하여 태아의 성별과 운명을 예측했다. 태몽을 통해 태아의 성별을 예측하는 데는 꿈에 등장한 상징물이 남녀의 생식기 가운데 어느 것과 비슷한가를 따져보는 유감주술의 원리가 활용된다. 고추·용·구렁이·뱀·미꾸라지·지렁이·무·오이 등 남성의 생식기와 비슷한 것들이 꿈에 나오면 아들이라 여겼고, 밤송이·조개·가락지·곶감 등 여성의 생식기와 비슷한 상징물이 나오면 딸이라 생각했다. 또한 크고 힘센 생명체나 남성들이 사용하는 물건은 아들을 나타내고, 아기자기하고 예쁜 생명체나 여성들이 사용하는 물건은 딸을 나타낸다고 보았다. 음양오행의 원리에 따라서 태아의 성별을 점치기도 했다. 같은 상징물이라 해도 그 색에 따라서 남녀를 구분했는데, 예를 들어 붉은 고추·붉은 복숭아·홍시·누런 호박·금가락지·금비녀·나락 등 노란색과 붉은색은 아들을, 풋고추·풋복숭아·풋감·애호박·은가락지·은비녀·쌀 등 푸르거나 흰색은 딸을 의미하는 것으로 여겼다. 한편 태몽은 단순히 상징물이 꿈에 나오는 것이 아니라, 꿈을 꾼 당사자와 상징물이 일정한 관계를 맺거나 상징물이 스스로 일정한 행동을 하는 내용으로 구성된다. 예를 들어, 호랑이가 금덩이를 물고 오거나 여우가 가진 구슬을 뺏는 꿈, 잉어를 잡아보니 배에 임금 '王' 자가 새겨져 있는 꿈 등이 그러하다. 또한 돼지나 물고기·소·말·늑대·뱀·호랑이·용 등에게 밀리고·기고 물리거나, 구렁이에게 몸이 칭칭 감겨서 놀라고 천둥소리나 종소리에 놀라며, 감을 따다 떨어져서 놀라는 꿈 등도 태몽으로 간주된다. 두 가지 이상의 상징물이 꿈에 복수로 나오는 경우도 있다. 이때는 나무가 돼지로, 오이가 미꾸라지로 변하는 등 어떤 물체가 동물로 변하거나, 달걀이 돼지로, 가물치나 새가 금붕어로, 강아지가 고양이로 변하는 등 동물이 동물로 변하기도 한다.[*]

• '태몽(胎夢)'에 관한 정의, 한국민속대백과사전(http://folkency.nfm.go.kr).

깊고 아름다운 숨을 쉬세요.
그리고 이야기를 시작하세요.

불결한 무(無)

강은 보는 일을 여러 개로 쪼갤 수 있다고 했다. 그날 밤 강이 내게 말해준 보기 종류의 목록은 다음과 같다:

1) 글자를 보는 것 2) 얼룩을 보는 것 3) 눈꺼풀 안쪽의 실핏줄을 보는 것 4) 소설을 읽으며 주인공의 얼굴을 보는 것 5) 잠든 해파리의 출렁임을 보는 것 6) 수평선과 지평선을 속눈썹처럼 보는 것 7) 물 안에서 등대와 등대지기를 보는 것 8) 수학 공식을 이루는 직선과 곡선의 무늬를 보는 것 9) 부모의 섹스를 보는 것 10) 수영장에 빠진 벌을 보는 것 11) 망각을 보는 것 12) 보이기 전에 보는 것 13) 눈을 감고 기도할 때 기도가 이루어지는 순간을 함께 보는 것 14) 안개 너머를 보지 않고 안개를 보는 것 15) 함께 걷는 사람과 완전히 같은 것을 보는 것 16) 아무것도 하지 않기 위해 모든 것을 보는 것 17) 두려움 없이 보는 것˙ ― 보기에도 난이도가 있다고 했다. 강에게 가장 어려운 건

1분 후를 보는 것이었다. 1분 후를 보려면 1분 전의 행동을 1분 전의 보기와 병행해야 하기 때문이었다. 행동 없이 보기를 일으킬 수 없었다. 1분은 지나치고 부족했으며 동

시에 충분했기 때문에 어찌할 바 몰랐다. 머뭇거렸다. 서성거렸다. 눈을 감았다. 보일 듯 말 듯 한 1분 후가 백지 아래에서 울렁거릴 때 흰 종이를 울룩불룩하게 할 때 아무것도 하지 않으면 백지는 움직임을 멈추고 솟아나지 않은 1분 후는 종이 아래로 뚝뚝 떨어져 꿈과 야생을 모두 적셨다.

들어봐
나는 나선형으로 깊어지는
물이었어
백조가 내 위를 흐르고 있었어
흐르다 잠든 백조
맨손 같은 백조
천 갈래로 갈라지는
거의 모든 것을 잊은
그런 백조 바라보던 누군가
눈을 감았어
나는 그 눈으로부터 넘쳤어
손들이 내 몸에 잠겨
나를 퍼 올려 세수했어

얼굴에 부딪치면서
사람의 얼굴 위로 부서지면서
백조는 내 위를 막막히
흐르고 있었어

　밤은, 강아. 너는 나일 수도 있겠지. 내가 너인 동안에. 강아, 너는 곡선일 수도 있겠지. 귤이거나 목련이거나 전구일 수 있는 만큼 너는 삼각형일 수도 있겠지. 너는 불 꺼진 아파트. 손등에 적힌 숙제. 너는 서울 어느 터널의 아치형 천장에 닿았다 사라지는 헤드라이트 불빛의 행렬이거나 얼룩덜룩한 눈동자일 수도 있겠지, 강아. 너는 얼룩덜룩하게 흔들리는 아프리카 어느 강가의 억새풀일 수 있듯이 어느 전쟁터의 총성일 수도, 총성을 듣고 놀란 새들의 짧은 울음일 수도 있지만. 죽은 이들을 외면하기 위해 고개를 돌리는 몸짓일 수도 있지만. 그 몸짓이 만드는 동심원 모양의 파장을 닮은 원형 계단 아니면 건물의 뼈일 수도 창일 수도 복도일 수도, 물소 아니면 딸기일 수도 이끼일 수도 있지만, 우리는 길어진다.
우리의 부드러운 선이
강한 선을 꾸민다.

강아, 이제 너는 사람이야.
그러니까

몸을 일으켜.
다른 길로 오면 돼.
다르게 보이는 길로 오면 돼.

●　　볼프강 틸만스(Wolfgang Tillmans)의 전시명, 〈To look without fear〉.

선아의 태몽

여의주 3개를 입어[물은] 거다란 봉이
파란색 여의주를 ...의 무지개가 피어나던
꽃 하늘로 힘껏 날아 갔다.
나는 황홀한 ...을 봉이 사라질 때까지
내내 보았다.
옴시 역닷을 향하기 빛났다.
...처 ... 물을 ... 금빛처럼 찬두하...
...명 모습이었다.

깊고 아름다운 숨을

깊고 아름다운 숨을

깊고 아름다운 숨을

‘성의 전환(The Shift of Sex)’은 3,000년 이상 전해져온 민담 유형으로 유럽, 아시아, 중동, 아메리카 전역에서 구전되어왔다. 그 변이들은 잘 알려지지 않았으며 인쇄본으로는 드물다. 이야기는 늘 한 젊은 여성이 남장을 하고 모험을 떠나는 장면으로 시작되지만, 결말에서는 그 인물이 마법적 변화를 거쳐 남성이 되어 여인과 결혼하고 행복하게 살아간다.

이 연구*는 26개의 변이를 모아, 그것들이 성별과 트랜스젠더성에 관해 무엇을 전하는지를 탐구한다. 이 이야기 유형은 오랫동안 민속학자들에게 단편적으로만 다루어졌고, ‘분류하기 어려운 예외적 이야기’로 여겨졌다. 일부 페미니스트 연구자들은 이야기 속 성전환을 이성애 중심적 질서의 복원으로 읽었으나, 이후 연구들은 이 이야기가 트랜스젠더적 상상력을 품고 있음을 지적한다.

분석 결과에 따르면 모든 변이에서 주인공은 행복한 결말을 맞으며, 이야기 속에는 가부장제의 위협과 억압을 암호화한 2차 서사가 존재한다. 따라서 나는 주인공을 성별 경계를 넘어서는 인물, 곧 트랜스젠더적 주체로 읽으며, 이 이야기는 그러한 행위를 긍정하고 보상하는 형태로 끝맺는다고 본다. 나는 이 연구가 앞으로의 민속학 연구에 도

---

* Psyche Z. Ready, "The Transgender Imagination in Folk Narratives: The Case of ATU 514, "The Shift of Sex"#", *Open Cultural Studies*, Vol. 5 No. 1, 2021, p. 1. 서론에서 인용.

움이 되길 바란다. 그리고 이 '낯설고도 아름다운 이야기들'을 민담 애호가들과 비규범적 성 경험을 가진 인물에게 주어지는 행복한 결말을 찾고자 하는 이들에게 소개하고자 한다. 이를 위해 나는 ATU 514*의 영어권 변이들을 모은 온라인 참고 목록을 만들었으며 무료로 읽을 수 있도록 공개했다.

이 이야기가 수천 년 동안 인류와 함께 전해져왔다는 사실은 놀라운 일이다.

지정된 성 역할을 넘어서, 트랜스젠더적 자아가 행복한 결말을 맞는 세계를 상상할 수 있게 해주는 이야기이기 때문이다.

---

* Aarne-Thompson-Uther classification system의 약자로, 세계 각지의 민담을 유형별로 분류하는 체계. '성의 전환(The Shift of Sex)'이라는 특정 민담 유형을 뜻하기도 한다. 이 이야기는 여주인공이 남장을 하고 모험을 떠나 임무를 성공적으로 완수한 뒤, 마법적으로 남성으로 변해 여성과 결혼하는 내용으로 끝난다. 이러한 구조는 흔히 젠더 규범 위반 혹은 트랜스젠더적 기쁨의 서사로 해석되기도 한다.

빌려 온 성(The Borrowed Gender)

「시칸디」, 『마하바라타』, 인도, 기원전 800~400년경

「인도 공주가 정령의 성을 빌리다」, 『천일야화』, 중동, 서기 700~900년경

「성별을 바꾼 디브와 공주」, 『바카왈리의 장미』, 인도, 서기 1100년경

이 그룹에 속하는 이야기들은 모두 가장 오래된 변이이며, 문학 작품으로 기록되어 있지만 본래 구전 민담에서 유래한 것으로 추정된다. 클루스턴(1889)은 성별을 바꾸는 주인공이 중동의 민간 설화에 흔히 등장한다고 지적했고, 브라운(1927) 역시 동양 문학에서 매우 유사한 사례들이 반복된다고 언급했다. 이야기의 발단은 대체로 다음과 같다. 주인공의 어머니 혹은 부모가 딸을 아들로 키우기로 결정한다. 아버지가 딸이 태어나면 죽이겠다고 위협하기도 한다. 주인공은 남자로 길러지고 다른 여성과 결혼하도록 정해지지만, 숲으로 도망쳐 들어가 마법적 존재를 만난다. 그에게 "진짜 남자가 되게 해달라"고 간청하자, 마법적 존재는 자신의 성별을 주인공과 '교환'해준다. 다만 이 교환은 일시적이며, 언젠가 되돌려야 한다고 한다. 그런데 그 마법적 존재는 여자의 몸으로 살아가는 동안 혼전 성관계와 같은 금기된 행동을 하며 자신의 성을 더럽히게 된다.

주인공은 영원히 남성으로 남아도 좋다는 허락을 받고, 아내와 행복하게 살아간다. 이 변이들의 독특한 점은 두 가지다. 첫째, 남장(혹은 성 위반)의 동기가 주인공 자신이 아니라 부모의 결정에 의해 이루어진다. 둘째, 성전환은 저주나 형벌이 아니라 교환 혹은 합의의 결과로 일어난다. 또한 주인공은 다른 남성들처럼 적절한 남성적 행동을 수행하며, 이를 통해 서사 속에서 자신의 성별을 획득한다.

어머니의 속임수(The Mother's Deception)

「이피스와 이안테」, 오비디우스 『변신 이야기』, 그리스, 서기 0~100년경
「우는 석류와 웃는 모과」, 터키, 1946년
「아홉 딸을 둔 왕」, 알바니아, 1926~1929년
「소년이 된 소녀」, 아르메니아, 1913년

이 변이 집단에는 세 개의 민담과 한 개의 문학 작품이 포함되어 있다. 그 문학 작품은 오비디우스의 『변신 이야기』에 실린 「이피스와 이안테」이다. 오비디우스의 서사시는 독창적인 창작물이라기보다 민담들의 집성체로 이해되기 때문에, 이 이야기는 민속적 원천에서 비롯되었을 가능성이 높다.

이 변이들의 전형적인 시작은 다음과 같다. 아버지가 임신한 아내에게 "여자아이가 태어나면 죽이겠다"고 말한다. 이에 어머니는 아이를 남자아이로 가장시켜 키운다. 성장한 주인공은 집을 떠나 마법의 말(馬)의 도움을 통해 전사로 성공하고, 공주와 결혼하게 된다.

민담들은 공통적으로 공주의 아버지가 딸의 자유를 극도로 제한하거나, 딸을 마치 재산처럼 '내어주는' 서사를 포함한다. 주인공은 세 가지 불가능한 과제를 수행해야 하며, 마지막 과제는 괴물과의 싸움이다. 이 괴물이 주인공에게 성전환의 저주를 건다. "네가 여자라면 이제 남자가 되고, 네가 남자라면 이제 여자가 되어라." 그 결과 주인공은 남자가 되어 집으로 돌아오고, 약혼자와 결혼하여 행복하게 산다.

「이피스와 이안테」는 변이들 중에서도 가장 독특하다. 문학적 창작물이기 때문에, 독자는 등장인물의 감정과 내면을 민담보다 훨씬 세밀하게 들여다볼 수 있다. 이 서사시에서 이피스는 공주 이안테를 열렬히 사랑하지만, 여성이기 때문에 결혼할 수 없는 현실에 절망한다. 신에게 드리는 그녀의 탄원은 사랑의 갈망과 슬픔으로 가득 차 있다. 이피스는 신에게 자신을 남성으로 바꿔달라고 기도하고, 결혼식 도중 여신 이시스가 내려와 그 소원을 들어준다. 그렇게 두 사람은 영원히 행복하게 함께 살게 된다.•

•   Psyche Z. Ready, 같은 글, 2~3쪽.

 여성국극단 무대 장면. 〈왕자가 된 소녀들〉(김혜정 감독, 2012) 스틸 이미지.

[155-5-351] - 윤○○

주체: 구연자

대상: 외손자(2남 중 첫째)

우리 저기 손주가 막 범프같은 이렇게 막 내려오는 데
서 잉 정말 막 이렇게 물고기가 막 큰 잉어가 그렇게 놀더
라고요. 그러다가 우리 아 손주가(조: 외 외손주 그러니까
남자 아이 남자 아이?)응 그러더니 정말 (조: 손자 예) 응
잉어는 저기 아들이라구 그러더라구요.(조: 큰 잉어?) 응
큰 잉어. 큰 잉어는 정말 아들꿈이라더니 정말 아들을 낳
어. 예 그랬어요.

[155-7-353] - 윤○○

주체: 352의 친구분

대상: 친구분의 손녀(2녀 중 둘째)

이번에 큰 손녀딸을 보고 큰 손녀딸 애기는 안 하더라구
요 꿈애기를. 근디 인제 여서 살면서 작은 손녀 꿈을 꿨대.
그러믄서 "우리 며느리 애기 있을 거 같애 야." 그래 인제
이런 사람이 놀러를 갔는데. 그래서 "어이구 기다리셨잖
아 잘 됐네." 그랬거등. 그랬더니 "꿈 뭐 꿨어요?" 그랬더
니 "아이 근데 맑은 물에 잉어가 있었어." 그러는 거에요.

그래서 "어머 그러믄 성은 또 좋겠다. 응 형은 잘 되실라구 그런 좋은 꿈을 꾸시나보다 아들들도 좋은 꿈을 꿔서 그렇게 훌륭하게 키우셨잖아. 아이구 잘 되것다. 좋겠네." 그랬더니 정말 그러고 나서 애기가 있다고 전화가 왔더래 며느리한테. (조사자 웃음) 어 그러드래요. 그랬는데 이 성 말은 이번에 인제 애기가 지금 인제 산달이 다 됐는데 휴가를 받고 있으니까 인제 몸 추스리러 인제 여기 오신 거야. 애기 낳기 전에 쪼끔 인제 여기서 친구들 만나고 이렇게 하 허고 인제 또 가셔야 또 인제 애기 나면 거기서 인자 사시고(조: 그럼) 인제 왔다 갔다 하시고 남편분이 안 계신 분이니까(조: 아!) 집은 비워놓고. 그렇게 하시는데 이번에는 오셔갖구 이 애기를 하는 거야.(조: 그러니까) 왜냐면 딸이 하나 있으니까는 하나는 은근히 바라셨나봐. 그래가주고(조: 딸이 하나 있 원래 있구나 있구)응(조: 두 번째를 갖는 건데 잉어…)응 응. 그러니까 그런 꿈을 꿨다고 하셨는데 애기 가져가지고 한 그 아이 가져가주 4 4개월인가 이렇게 되니까는 그 성별을 다 이렇게 알 수 있잖아요. 병원에를 따라가니까(작은 소리로) 딸이라고(조: 또 딸이래요?) 예. 딸이라고 한께는 "우리 아들들은 잉어 봐서 정말 다 아들을 봤는데 딸이랜다 야." 그런 말씀이 쪼끔 서운한 것 같은 거야. "그래서 형님 딸이래도 좋은 거야 이 너무 좋은 꿈을 꿔서 인제 나중에 그 딸 손녀딸도 아들처럼 그렇게 잘 될 수 있는데(조: 다 잉어네 꿈이?) 있는데…(태몽

주체, 구연자: 윤씨/윤씨의 조상이 잉어라서 윤씨가 잉어를 먹지 않았고, 윤씨 가문의 왕비도 임신한 후 잉어를 먹지 않았다는 얘기를 하며 주체를 위로했다는 말. 꼭 아들이기 전에 조상이 보여줄 수도 있고 드릴 수 있으니까 섭섭해하지 말라고 했다는 말.)

　금기의 이유: "정말로 그 꿈에 대해서는 정말로 해몽을 하시는데 너무 아들들이 잘 되 잘 잘 나가겠다 잘 되겠다 이런 얘기는 하시는데 응 그냥 자꾸 입으로 까발기지 말아라 이런 식으로 그러셨대."(조: 될 거니까 되기 전에 괜히) 응응.

• 　박상란, 「[낱장자료]태몽담 채록자료(2차년도)」, 강남대학교, 2016, 6~11쪽.

하나

　　나야. 유리창 너머에서 낯선 잉어 말 걸었다. 유리창 위에 낯선 잉어 옆에 내 얼굴 얇게 떠 있었다. 번들거리며 희박해지는 얼굴 안으로 낯선 잉어 헤엄쳐 들어온다. 나야. 잉어 고개를 돌려 내게 옆모습을 보여준다. 나도 몸을 돌려 그에게 옆모습을 보여준다. 잉어의 입에서 돋아난 거품 한 알 느리게 떠올라 수면에 맺힌다. 느릿한 움직임 내 눈에 맺힌다. 수면은 천 년 전에 떨어진 빛을 넓게 머금고 있었는데. 그렇게 물과 하늘을 구별하고 있었는데. 거품 한 알이 빛을 깨고 돋아나는 바람에 하늘과 물 잠시 하나다. 얇고 서툰 하나. 그러나 거품 한 알 깨진다. 하늘과 물, 하나가 아니 되도록 깨지고 잉어는 내 얼굴을 깨뜨리며 여전히 얼굴 안에 있네. 낯선 뻐끔거림을 하고 있네. 그러나 나긋한 목소리로 말한다, 나야. 잉어의 것인지 나의 것인지 알 수 없이 다만 물이 떨린다. 허공은 떨리지 않고 조각난다. 낯선 허공의 조각조각이 잉어와 나를 모자이크 한다. 너를. 나는 서서히 너를. 나는 서서히 너를 너라고. 나야. 잉어가 얼굴에 담기며 낯익어진다. 번들거리며 희박해지는 잉어와 나. 유리창이 모자이크를 걷어낸다. 나의 눈동자에 얹히는 잉어의 눈동자, 기꺼이 잉어의 살이 되려 하는 나의 뺨. 한 개의 몸으로 응결되지 않으려는 몸짓.

보여? 또렷이
보여? 익사하지 않고 우리는
우리가 된단다.

우리?

나는 놀란다.
유리창이 떨린다.

놀란 날 보고 물이 웃은 것이다.

황새가 넓은 뼈를 물어 왔다. 황새와 나는 오래도록 함께 살았고, 우리의 둥지를 짓기 위해 나는 한때 숲에서 발견한 죽은 나무의 속을 파냈다. 나무의 속이란 것이 이렇게나 깊구나 깊고도 깊구나 되뇌면서. (몸은 얼마나 깊이 파내야 다른 몸이 되는가?) 파내어진 나무의 속은 검고 거칠었다. 나무의 속이 나무의 곁에 쌓여갔다. 나무 안에서 우리는 함께 밥을 먹고 노래를 부르고 이마를 맞댄 채 잠을 잤다. 둥지의 둥근 입구 너머로 흐르는 구름을 바라보았다.

황새가 넓은 뼈를 물어 왔다. 나무 둥지 입구보다 넓은 것이다. 뼈는 깨끗하고, 격렬하고, 죽은 나무 안에 두기에 알맞지 않다. 우리의 연약한 잡동사니들과 어울리지 않는다. 뼈는 황새나 나의 몸속에 있는 편이 자연스럽다. 그러나 이렇게나 넓은 뼈는 우리에게조차 적당하지 않을 것이다. 살을 찢고 튀어나올 것이다. 게다가 이미 많은 뼈가 그곳에 있어 황새와 나를 삐그덕삐그덕 걷거나 날게 한다. 황새의 다리는 가느다랗다. 나의 날개뼈는 뾰족하다. 부싯돌 소리를 내며 황새는 나를 끌어안는다.

황새가 넓은 뼈를 물어 왔다.

넓은 뼈는 하얗고 영원해 보인다.

생물로부터 갓 꺼내어진 것처럼 보인다.

이제 우리가 무엇을 어떻게.

넓은 뼈로 풀잎 하나를 덮었다.

넓은 뼈로 무덤 하나를 덮었다.

넓은 뼈로 악몽 하나를 덮었다.

(이건 잘 덮이지 않네, 다시)

넓은 뼈로 병원 하나를 덮었다.

넓은 뼈로 사찰 하나를 덮었다.

넓은 뼈로 안개 하나를 덮었다.

넓은 뼈로 국경 하나를 덮었다.

넓은 뼈로 행성 하나를 덮었다.

넓은 뼈의 그늘 안으로 많은 벌레들이 기어 와 잠을 잤다. 많은 벌레들이 그곳에 많은 알들을 낳았다. 많은 알들이 갈라져 많은 벌레가 되었다. 많은 벌레는 많은 나무를 기어오르지만 우리의 죽은 나무는 여전히 죽어 있고, 우리는 그 속에서 밥을 먹고 노래를 부르고 잠을 잔다. 우리의 갈비뼈를 나무의 골반에 기댄다.

밤비행을 떠난 황새를 기다리며
나는 둥지 안에 있다.

둥그렇게 잘린 어둠 위로
그가 새기는 가느다란 직선과 곡선을 본다.

꿈의 천을 꿰매는 새하얀.

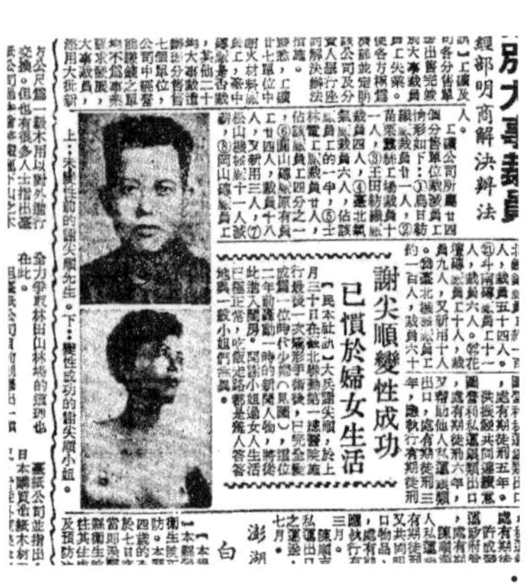

- 1953년 대만 신문 연합보(聯合報)는 "남→여 성전환 수술에 성공한 병사 사첨순 (謝尖順)"의 사진과 함께 그를 "동양의 크리스틴 조겐슨(미국 최초의 트랜스젠더)"이 라 보도했다. 「사첨순 성전환 성공, 이미 여성 생활에 익숙(謝尖順變性成功 已慣於婦女 生活)」, 연합보, 1953. 12. 30.

- 「온실: 태몽 이야기」, 경향신문, 1955. 12. 12. 국립중앙도서관 소장 마이크로필름에서 이미지 사용.

꿈은 나를 달래고 보호합니다.

꿈은 열망과 고통을 식히고 기도에 몰두하게 합니다.

꿈이 없었다면, 나를 낫게 하는 꿈이 없었다면 지금쯤 나는 누더기였을 것입니다.

그러나 유일한 기도는 꿈꾸지 않게 해달라는 것……

대신 나의 꿈을 세계에 돌려주라는 것입니다.

꿈이 투명한 실처럼 내게서 풀려나와 세계의 찢어진 부위를 부드럽게 봉합할 수 있기를…… 바랍니다.

그러면 나는 현실의 땅 위로 마침내 내려앉을 것이고,

납작하게 내려앉을 것이고,

연기처럼 구름처럼 넓게 사라질 수 있을 것입니다.

깃과 기척

어른거렸으므로 걸었다. 어른거리는 것은 어른거리는 채로 멀리에 놓여 있었다. 멀리에, 멀리에, 그러나 멀리는 이곳의 안쪽이므로 걸었다. 어른거리는 멀리를 향해, 길은 어른거리지 않고 명료했다. 길이니까 나는 나아감을 알았다. 어떻게 알았을까, 나아감으로 걸었다. 어른거렸으므로 어른거렸으므로 멀리 보이는 것을 아홉 덩이의 빛이라 부를 수도 들개라 부를 수도 은신처라 부를 수도 있었을 것이다, 그저 어른거렸으므로. 이름 부르듯 눈을 감았다. 어른거렸으므로 죽은 친구와 함께 걸었다. 친구야 거기는 하얗니? 여기는 둥글다. 어른거리는 것은 뭉개진다. 어른거리는 것은 어른거리는 채로 환하다. 무화과나무 아래로 툭 떨어진 박새가 다시 날아오르는 장면을 어른거린다 해도 될지 모르겠지만, 보았다 해도 될지 모르겠지만, 어른거리는 것이 어른거리며 내 쪽으로 다가와 한 번 무너졌고, 멀리에서 다시 솟아났다고, 그렇게 말할 수는 있을 것이다. 어른거리는 마른 나무. 어른거리는 푸른 접시. 어른거리는 가는 손목과 그 손이 그리는 어느 날의 눈 내리는 들판. 돌을 물처럼 흐르게 할 수 있을까요, 어떻게? 개울 안쪽에서 어른거리던 몇 개의 돌을 물 밖으로 건져내었지만, 순

식간에 모래가 되어 손가락 사이로 빠져나갔습니다. 모래
알 하나하나 멀리. 모래 한 알 한 알의 등 위로 드리운 흐
린 빛. 그런 뒷모습. 어느새 어른거림을 지나쳤지만 그 순
간 내 몸이 어른거렸으며, 그곳이 어른거리는 나의 현실임
을 알았습니다.

미안합니다.
전화를 못 받은 건
내내 자고 있었기 때문이고,
벨 소리 대신 꿈속의 시끄러움에 신경을
빼앗겼기 때문인데, 믿으실지 모르겠지만
어젯밤 저는 소리로만 이루어진 꿈을 꾸었습니다.
소리 안에서 소리와 소리의 곁에
머물렀습니다. 길들여졌습니다.
소리에도 체온이……
그런데 머지않아 그 소리─꿈이
그 꿈을 음차하는 사람이 나오는
또 다른 꿈의 안쪽에 놓인
더 작은 꿈이었다는 사실을

알아채고 말았습니다.

소리를 옮겨 적는 사람의 손이 유독 가늘었다는 것,

흔들리는 나뭇가지와 잘 구별되지 않았다는 것,

그는 입술로 꿈의 내용을 조금씩 내뱉는 동시에

적고 있었다는 것—어떻게?

꿈의 더듬거림.

흘러내리는 잡음의 꿈.

꿈도 한 사람을 뒤덮기 전 망설이는군요.

그러나 알아차림은 아무런 힘이 없군요.

여기와 저기 사이의 막을 찢지 못하는군요.

들리시나요,

희고 얼룩진 장막에서 빠져나와

제가 적은 내용은 아래와 같습니다만……

잊지 않는다면 말할 수 있을 것이다.
잊는다면 말할 수 있을 것이다.
말하지 않는다면 잊을 수 있을 것이다.
말한다면 잊을 수 있을 것이다.
말하지 않는다면 잊을 수 없을 것이다.
말한다면 잊을 수 없을 것이다.

　심리학 분야의 연구들은 악몽이 PTSD(외상 후 스트레스 장애)의 빈번한 증상 중 하나임을 자세히 탐구해왔다. PTSD는 베트남 전쟁 이후 미국 정신의학 분야에서, 외상적 사건에 의해 상처 입은 사람들의 증상을 지칭하기 위해 만들어진 의학적 범주이다. 홀로코스트 생존자들, 베트남전 참전 군인들 그리고 캄보디아 난민들에 의해 수행된 연구들을 포함하여, 악몽에 대한 중요한 학제 간 연구들이 진행되어왔다. 각 전쟁이 그 사회의 집단적 꿈을 독점하며, 그 전쟁이 폭력의 가해자들이 밤의 박해자들로 등장하는 악몽을 만들어낸다는 것은 명백하다. 이러한 현상은 여러 역사적, 사회적 맥락에서도 사실일 수 있지만, 민족지적 접근과 비교 분석을 통해 각각의 무장 분쟁에서 생성된 악몽들이 서로 어떻게 다른지를 이해할 수 있다. 이는 단지 서로 다른 배경이나 박해자의 차이만이 아니라, 그 꿈들에 부여되는 해석, 의미, 실천의 차이에서도 비롯된다. 사실, 서로 다른 문화적 맥락에서 이 꿈들과 관련된 해석, 의미 그리고 실천을 과소평가해서는 안 된다. 서구 의학 패러다임이 발전시킨 '외상 후 꿈(post-traumatic dreams)'이라는 범주와 진단은 심리학적 학문들이 발전시켜온 꿈의 경험과 트라우마의 표상 및 해석을 토대로 구성된 것이며, 꿈의 경험이 전혀 다르게 인식되는 문화적 맥락들에 일반적으로 적용될 수는 없다. 예를 들어 피지 제도의 꿈에 대한 민족지 연구에서, 바버라 허는 서구적 맥락에서는 악몽에 대한 두려움을 극복하는 긍정적인 방법이 바로 그것의 "비현실성"을 강조하는 것인 반면, 피지에서는 꿈이 실제의 경험으로 받아들여지고 해석된다고 지적한다. 이 사실은 서구적 전략의 효과성 자체를 의문에 부친다. 치후아(Chihua)와 콘타이(Contay) 같은 안데스 마을들에서는 '꿈과 현실'의 이분법이 적절하지 않다. 꿈은 종종 외부 존재들(영혼, 신적 존재들)과 접촉하는 경험으로 묘사되며, 그것은 몸에 영향을 미치고 실제적인 결과를 낳는 경험으로 간주된다. 또한 꿈은 과거보다는 미래의 차원과 더 자주 연결된다. 물론, 코무네로스(comuneros, 여성 농민 공동체 구성원)들은 자신들을 여전히 괴롭히는 수면 장애나 악몽들을 폭력의 시기의 결과로 여기며, 종종 이러한 현상을 "estar traumado(외상 상태에 있다)"라는 증상으로 묘사한다. 그러나 아야쿠초(Ayacucho) 지역의 농민들이 심리학 언어, 특히 "estar traumado"라는 범주를 사용하는 방식은 지역 주민들이 자신들의 고통과 슬픔을 지역 제도나 NGO에 대해 정당한 것으로 만들 필요성과 관련지어 맥락화되어야 한다. 그래야만 국가가 약속한 개입이나 보상을 받을 수 있기 때문이다. 대부분의 경우 이러한 지원은 여전히 실현되지 않았다. 동시에, 지역적 맥락에서의 꿈의 경험과 외상적 경험의 의미는 서구적 맥락에서 정교화된 그것과 종종 일치하지 않는다. 외부의 관점에서 보면 전형적인 PTSD 악몽으로 보일 수 있는 몇몇 꿈들이, 콘타이 공동체

내에서는 전혀 다른 상징적 해석을 부여받고, 또한 서로 다른 실천을 촉발시켰다. 예를 들어 동일한 꿈, 상징 혹은 이미지(예컨대 군인에게 습격당하는 꿈)는 그 꿈이 꾸어진 시기에 따라 다르게 해석될 수 있다. 폭력의 시기 이전이나 그 시기에 농민들이 군인에 관한 꿈을 꾸었을 때, 그들은 그것을 실제 사건이 일어날 것이라는 징조로 해석했다. 따라서 그 꿈은 현실을 반영하거나 혹은 그것을 예견하는 것이었다. 그러나 오늘날에는 군인들이 꿈속에 나타나는 것은 아푸(Apu, 산의 정령)의 벌로 해석되며, 고통과 질병의 전조로 이해된다는 점이 분명하다.

치후아와 콘타이에서 트라우마, 장소 그리고 꿈 사이의 관계 또한 중요하다. 코무네로스들은 인간의 몸과 산의 "몸" 모두를 침투되고 통과될 수 있는 "열린" 장소로 인식한다. 인간에 대한 이러한 개념은 꿈을 꾸는 동안 경험할 수 있는 경험의 유형과 직접적으로 연결되어 있는 것으로 보인다. 비극적인 사건이 일어났던 장소나, 전쟁 중 적절한 매장을 받지 못한 시신들의 뼈가 묻혀 있는 장소에서 잠들 경우, 그곳의 기억이 몸을 공격하듯 병리적 영향을 미치는 꿈을 만들어낼 수 있다. 악몽을 다루는 전략은 꿈의 원인으로 여겨지는 존재가 누구인지, 그리고 그 존재가 꿈꾸는 사람에게 구체적으로 어떤 요구를 하고 있는지에 따라 달라진다. 이 모든 측면들은 전후 시기의 꿈을 다룰 때 반드시 염두에 두어야 한다. 여러 사례에서, 이러한 맥락은

PTSD 범주로서의 악몽이 지역적 맥락에서 꿈이 가지는 특수성과 그로 인한 다양한 결과를 이해하는 데 기여하지 못한다는 점을 보여준다. 더 나아가 전후 맥락에서의 꿈은 단지 전쟁의 트라우마가 반복되는 장소일 뿐만 아니라, 폭력에 대응하는 하나의 전략이기도 하다. 실종된 친척이 등장하는 꿈은 살아남은 사람들을 괴롭히는 악몽으로 묘사될 수도 있지만, 동시에 사람들이 무장 분쟁의 시절을 받아들이고, 사랑하는 이들이 죽었다는 사실과 화해하도록 돕는 하나의 자원이 되기도 한다.*

*   Arianna Cecconi, "Dreams, Memory, and War: An Ethnography of Night in the Peruvian Andes", *The Journal of Latin American and Caribbean Anthropology*, Vol. 16 No. 2, 2011, pp. 416~418.

부서진 시간을 부수는

　　　　흰 그림

　　　　　　　흰 그림이다

생각했는데

문이었다
　빛이 일렁이기에

　　　　열었다

　　　흰 개들이 흰 모래 위를
　　　　　　뛰어다녔다

몸 없는 춤
　　같았다

　　　　　개들은

숨을 참고서

파도 속으로
파도 속으로

뛰어들었다

백마 부스러기,

백마 부스러기가
하늘에
떠 있을 때

내 눈은

하늘에서 깜빡이는 새들을

　　　　올려다보았고

　몸은

　　바닥에 누워 있었다

어, 여기

한 가닥,

　두 가닥……

　　누군가 내 흰머리를

　　　뽑아주었다

　　　　흰 손이

머리카락 속에서 번져

어지럽다 그러나

그의 오른손은 어느새

어두운 바닷물을 헤집고 있었다

차가워진 그 손을
    잡아야겠다
                    생각했지만

그건 구름이었다

한 가닥,
    두 가닥……

손가락 틈으로 풀려나왔다

여기,

하늘과 바다의 연한 경계를 부수는

입김 속에서

배들은

우리 쪽으로 오지 않는

수평 운동을 했다

빛이 일렁이기에

숲으로 갔다

우리 발밑에

모래가

모래 안에 깜빡이는

나무뿌리들

위에 서서

그는 이야기를 들려주었다

(확실하지 않지만 여기에 옮겨 적는다)

자신의 숲을 조성하기 위해

세계의 거목들을 옮겨 심은 어떤 부자에 대해

수십 미터의 뿌리들이 질질 끌려가는

아스팔트 도로를 따라 달리며

울면서 기도하던 마을 사람들에 대해

나무를 위해
나무를 위해

천 살의 나무가 뽑혀 나간
구덩이 속 어둠을 둘러싸고
둥글게 이어지던 기도에 대해

바라고 구하는

                이

세계에서

바람과 구함이 울퉁불퉁하게
이어지는

지평선

위에서

……

파도 소리는 먼 곳에서
기도의 리듬을 도왔다

흰 개들아
나무를 따라가
나무의 기억을 따라가

흰 말들아
너희도 따라가
사람의 기도를 따라가

흰 새들은 이미 가고 없네

그는 흰머리가 한 가닥
　　　반짝인다고

　내 곁으로 온다

아니,

　　내가 온통 백발이 된 것 같다고

　　　그러나

머리카락은 여전히 검다

오늘 밤의 어둠에 다 뒤덮일 만큼

대명사 에티켓

많은 이분법적 또는 비이분법적 트랜스젠더들은 다른 사람들이 잘못된 대명사를 사용할 때 성 정체성 장애를 경험합니다. 원하는 만큼 잘 통하지 않는 사람들에게 잘못된 젠더로 불리거나 잘못된 대명사로 불리는 것은 흔한 문제이며, 많은 노력이 필요합니다. 미스젠더를 당한 사람은 커밍아웃을 하거나, 그냥 웃어넘기거나 둘 중 하나를 선택해야 하며, 이는 이후 커밍아웃을 더욱 어색하게 만듭니다. 누군가 당신의 대명사를 잘못 사용했을 때, 가장 좋은 방법은 반박 없이 바로 그들이 선호하는 대명사를 사용하는 것입니다.

대명사가 특이하거나 사람들이 당신의 젠더 표현과 일치하지 않는다고 생각하는 경우, 사람들에게 대명사를 사용하도록 상기시키고 여러 번 설명해야 할 수도 있습니다. 사람들이 대명사에 대해 흔히 하는 질문과 반론을 파악하고, 그에 대한 답변을 연습하여 침착함을 유지하세요.

사람은 다른 사람들이 자신을 위해 사용하기를 바라는 대명사를 여러 개 가질 수 있습니다. 예를 들어, 당신이 가장 좋아하는 대명사가 'ze, hir'라고 가정해보겠습니다. 하지만 영어에 어려움을 겪는 사람들이 이러한 대명사를 사용하기 어려워하거나, 특정 상황에서는 사용하기가 안전하지 않다고 느끼거나, 다른 사람들이 사용하도록 하는 것이 부담스럽다고 느낄 수 있습니다. 이 경우, 사람들이 당신을 당신이 거의 좋아하지만 그만큼은 좋아하지 않는 두 번째 대명사(보조 대명사)인 'she, her'로 부르도록 허용하기로 한 것입니다. 많은 논바이너리 사람들은 두 개 이상의 대명사를 동등하게 선호할 수 있는데, 이는 다른 사람들이 어떤 명사를 사용할지 결정하도록 하거나, 상황에 따라 다른 대명사를 사용하거나, 대명사를 동등하게 번갈아 사용하는 것처럼 보일 수 있습니다. 또 다른 예로, 일부 젠더플루이드 사람들은 자신의 성 정체성 상태에 따라 특정 대명사에 대해 편안하거나 불편하게 느낍니다. 그 결과, 그들은 현재의 정체성에 따라 대명사를 번갈아 사용하고, 다른 시간에 다른 대명사로 불리기를 요청합니다.

특이한 대명사는 영어를 제2외국어로 사용하거나 영어를 말하고 이해하는 데 어려움을 겪는 사람들에게 어려움을 줄 수 있습니다. 특히 입술 읽기를 하는 사람들에게는 특이한 대명사가 이해하기 어려울 수 있습니다. 이러한 이유로 본인이나 다른 사람이 특이한 대명사를 사용하는 데 어려움을 겪는다면, 그 사람에게 사용할 수 있는 다른 대명사가 있는지 물어보는 것이 적절합니다.*

*　논바이너리위키 '대명사' 항목 참조, 구글자동번역. https://nonbinary.wiki/wiki/Pronouns

중국어

또한 참조하세요: 중국어 성별 및 성 용어집.

tā. 모든 성 대명사는 구두로 발음할 때 발음이 같으므로 기술적으로는 성 중립적일 수 있습니다. 문학 작품에서 남성형 tā(他)는 여성형 tā(她)와 가장 왼쪽 부분을 제외하고는 유사합니다. 여성형은 1950년대 후반에 처음 사용되었습니다. 따라서 남성형은 '가장' 성 중립적인 것으로 간주되지만, X也(라틴어 X + 'yě')와 같은 버전도 사용될 수 있습니다. 'she'를 나타내는 tā의 발음은 새로운 자를 추가한 후에도 한 번도 바뀌지 않았습니다.

가족 용어

孩子(háizi). 아동을 지칭하는 표준 성 중립 용어입니다.

家长(jiāzhǎng). 부모를 가리키는 표준 성 중립 용어입니다.

로맨틱

对象(duìxiàng). 연인을 뜻하는 단어입니다. 성별은 구분되지 않습니다.

配偶(pèi'ǒu). 결혼 상대를 뜻하는 단어입니다. 성별은 구분되지 않습니다.

일본어

또한 참조하세요: 일본어 성별 및 성 용어집.

일본어에는 문법적으로 성(性)에 따른 구조(즉, 활용이나 명사형 어미)가 없지만, 언어에는 여러 가지 성(性)적 측면이 있습니다. 언급되는 사람의 성별과 같은 구체적인 정보는 대화의 다른 맥락을 통해 암시되는 경우가 많습니다. 그러나 전통적으로 특정 인구 집단에 속하는 특정 어휘 집합도 있습니다. 예를 들어, 1인칭 단수 대명사(즉, '나' 또는 '저')는 화자의 성별에 따라 다릅니다. 젊은 남성은 일반적으로 僕('boku')를 사용하는 반면, 여성은 あたし('atashi')를 사용하는 경향이 있습니다. 중성 대명사인 私('watashi')도 있지만, 이는 성별을 드러내지 않지만 비교적 격식을 갖춘 표현입니다.

한국어

또한 참조하세요: 한국어 성별 및 성 용어집.[*]

---

[*] 논바이너리위키 '성 중립적 언어' 항목 참조, 구글자동번역. https://nonbinary.wiki/wiki/Gender_neutral_language

소리*

2

　서울의 밖에서 서울을 떠올리며 발을 옮기자. 풀이 누
웠고 누운 풀들과 함께 마음을 눕히며 걸음은 구름 소리
를 냈다. 구름은 걸음 소리를. 내가 아닌 것들이 나의 소
리를 냈다. 서울은 겨울. 겨울은 겨울. 그 밤에는 빌딩 창
밖으로 불쑥 뻗어 나온 손이 주먹을 펼쳤고. 그 속에서 반
딧불 몇 마리 풀려나 시계 반대 방향으로 빙빙 돌다가. 돌
다가. 빌딩 너머로 언덕 너머로 비둘기 목구멍 너머로 사
라지는, 그런 운동을 바라보았습니다. 터널 산책을 하였습
니다. 이 날씨가 나의 아이들, 나의 환한 아이들이다, 그런
생각을 하였습니다.

3

　일곱 살,
　나는 노란 티셔츠 입은 친구 손 잡고 집 밖으로 뛰쳐
나가,

수십 년 만에 그 아이의 손 잡고 다시 집 안으로 뛰어
들어왔다.
아이도 나도 다 자랐지만
거실 창으로 들어온 금빛 햇살이 티셔츠 위에서 반짝이
고 있었다.
집 안은 그대로였다.
가구들, 접시들, 천천히 열리는 방문들
친구는 어쩐지 와본 것 같다 말하며 소파에 드러누웠다.
가족들은 외출한 모양이다.
텔레비전에서는 내가 좋아했던 가수가
좋아했던 노래를 부르고 있다.
화초가 죽어 있었고
우리는 샤워를 하고 싶었다.
배도 고팠다.
반바지가 너무 작아져 있었다.
뭘 먹어야 할까
이건 어떨까
우리는 침대에 걸터앉아
지나온 시간들에 대해

이야기를 나누었다.
그 이야기는 왜인지
점차 노래가 되어갔다.
우리는 우리의 지난 이야기와
어울리는
한 음 한 음을 찾아가면서
가슴팍을 떨면서
더듬거리며
박자를 만들며
어느새 나란히
금빛 노래를 부르고 있었다.

4

너를 따라가, 나란히 걷는 것 같지만
내가 한 걸음 늦게 가고 있어
여기서는 너의 귀가 잘 보여
하얗고 귓불이 붙어 있지 않고

귓바퀴 굴곡 아래 작은 그늘이 들어차 있는
속에 물렁뼈가 가득한 귀를
보고 있어, 빛이 솜털을 절반만 통과하는 모습을
천천히 걷는 것 같지만 사실 길을 잃은 거야
폭포를 보러 가고 있었는데
언제부터인가 물소리가 들리지 않아
너의 귀는 균형을 잃었어
왼쪽 귀와 오른쪽 귀가 똑같이 이해하지 않고 있어

나무 아래에서 깨어났을 때
우리 위에서 흔들리던 나뭇가지가
걷혀 있었어, 밋밋한 하늘이 눈앞에 가득해서
놀라 일어났는데 너는 움직이지 않았어
폭포를 찾아야 해, 폭포를 보고 싶다
너를 세게 흔들었지만 소용없었어
그때 네 귀가 떨어졌나 봐
혼자 폭포를 찾으러 가던 길에, 왼쪽으로
흘러가는 강을 보았어 강물에 둥둥 떠내려가는
하얀 귀를 보고 말았어

떠내려가는 귀를 따라가면서

한 걸음 늦게 따라가면서

샌들 안으로 밀려들어오는 모래를 밟으면서

이제 곧 폭포가 나올 거 같다

그럴 거 같다 중얼거렸어

• 기형도 시인의 1983년 미발표작 「소리 1」을 모티프로 기형도 시인 35주기를 기념해 2024년 소하서점 행사(지역 예술 활성화를 위한 '광명_곳곳' 지원 사업)를 위해 작성됐다.

•   김리윤, 〈변희수〉, 종이에 연필, 2026.

저는 인권친화적으로 변모하고 있는 군에서 저를 포함해 모든 성소수자 군인들이 차별받지 않는 환경에서 각자 임무와 사명을 수행할 수 있었으면 합니다. 제가 그 훌륭한 선례로 남고 싶습니다. 저는 미약한 한 개인이겠으나 힘을 보태어 이 변화에 보탬이 되었으면 합니다. 저의 성별 정체성을 떠나 제가 이 나라를 지키는 훌륭한 군인 중 하나가 될 수 있다는 것을 모두에게 보여주고 싶습니다. 제게 그 기회를 주십시오. 저는 대한민국 군인입니다.˙

• 2020년 1월 22일 기자회견 중 고(故) 변희수 하사의 발언.

어떤 사람들은 나이를 모를 것이다. 어떤 사람들은 나이를 먹지 않는다. 시간이 멎는다. 시간은 어떤 사람들을 위해서는 멈추어준다. 그들을 위해 특별히. 영원의 시간. 나이가 없는. 시간은 일부 사람들을 위해서 고정된다. 그들의 영상, 그들의 기억은 쇠퇴하지 않는다. 자신을 재생산과 번식으로, 영혼으로부터 추출되어 잡힌 이미지와는 달리. 그들의 면모는 성스러운 아름다움, 계절의 부패를 모르는 아름다움을 상기시키는 것이 아니며 (……)*

* 차학경, 『딕테』, 김경년 옮김, 문학사상, 2024. 47쪽.

밝고 밝아 보이는 세계

불을 부른다
불은 불리며 짖는다
불은 구름 아래로
언덕을 건너온다
비는 위에서 아래로
내린다
짖으며 내린다

불을 덮는 비
비를 덮는 불

불상을 보러 올라갔는데
너무 더웠다

우리는 포기하고 바다에 뛰어들었다
우리의 소원은 우리와 함께 빠졌다

투명하고 긴 목줄을 쥔
해수관음상이

백사장에서 산책시키는
개가 보여
개의 영혼이
부처의 영혼이 보여

우리는 우리라 여겨지는
모래 위에 그려진
잠든 얼굴들을 보네

절은 전소한 뒤 다시
건축되었고 나무기둥
서까래 속에 살던 흰개미들
모두 죽었고 우리는 노래했네

절의 영혼을
절의 전생을 달래듯이

죽은 사람을 위해
과일을 던진다

바다 밀려오라,
밀려가라, 남김없이
우리는 영원히 이곳에 서 있을 것이다

바다와
바다 곁에서 노는 개

불상은 웃고 있네
우리도 웃고 있네

우리가 우리의 미래로 가듯이
개가 개집으로 돌아가고

파도는 이쪽으로
밀려온다
죽은 사람을
죽은 과일을 싣고

두 쪽으로 갈라진 바위들의
하나인 전생을 보네

움직임은 말이 없네
멈춤이 그러하듯이

비가 오고
비가 가고

나는 이 장례식을 오래도록
지켜보았네

수보리여, 그대 생각은 어떠한가? 가히 몸뚱이로써 여래(如來)를 볼 수 있느냐? 없느냐? 없습니다. 세존이시여, 몸으로는 여래를 볼 수 없습니다. 왜냐하면 여래께서 몸이라고 말씀하시는 것은 사실 몸이 아니기 때문입니다.

부처님이 수보리에게 말씀하셨다. 무릇 모양이 있는 것은 모두 허망한 것이니 모든 상을 상 아닌 것으로 보면 즉시 여래를 보리라.˙

• 『금강경』, 제1사구게: 如理實見分(제5분). 김두진, 『불교의 정석 1: 근본불교와 중관사상』, 미시건보리, 2023, 187쪽에서 재인용.

"인어의 성(sex)은 무엇인가? 젠더(gender)는 무엇인가? 인어는 명확한 범주적 틀을 거부하는 성적, 젠더적 신체이다."

인어는 언제나 기존 질서와 범주화 체계에 대한 도전과 교란의 상징으로 존재했다. 종교적 신념과 민속적 세계관 속에서도, 인어는 혼종성, 모순 그리고 경계의 파괴를 상징하는 초기적 도상(圖像)이었다. 피더슨은 이어서 설명한다. "'인어'라는 용어가 특정 맥락 속에서 수축하고 확장하듯이 '트랜스젠더'라는 용어 역시 그렇게 작동합니다."

그리고 이 과정은 결코 단순하지 않으며, 현대인과 역사가, 작가들에 의해 서로 다른 방식으로 해석되고 논쟁되어 왔다. "인어는 깊은 불일치 속에서 자신의 정체성을 획득하는 존재입니다"라고 그는 덧붙인다.

문해력이 널리 보급되지 않았던 시절, 도상이 문자 대신 기능했으며, 인어는 빗을 들고 거울을 바라보는 모습으로 교회 벽화에 그려지곤 했다. 피더슨은 거울이 '신기루 같은 기만'을 의미했을 가능성을 지적하지만, 같은 맥락 속에서도 인어는 긍정적 존재로 묘사되는 경우가 있었다고 덧붙인다.

우드콕은 교회 조각에서 인어가 작은 물고기를 손에 들고 있는 모습으로 나타나기도 했음을 발견했는데, 피더슨은 이것이 복잡한 의미를 지닌다고 말한다. 왜냐하면 인어 역시 물고기이며, 그리스도 또한 물고기와 동일시되는 상징이기 때문이다. 그는 아래와 같이 쓴다.

"기독교 상징으로서의 물고기는 인어를 그리스도와 영혼을 두고 경쟁하는 존재, 즉 기독교적 구도의 '거꾸로 된 경쟁자'로 만들 수 있습니다."

결국 인어는 모순과 역전의 힘, 그리고 다층적인 해석 가능성을 상징한다. 인어는 여전히 단순한 해석과 쉬운 범주화에 저항하는 존재, 즉 끝없는 매혹의 대상으로 남아 있다.

내면의 인어들: 티나(Tina)

시각 자료를 본격적으로 분석하기도 전에, 나는 여러 번 반복되는 패턴을 발견했다. 많은 MTF 트랜스젠더 어린이들의 자화상 속에는 인어가 등장했다. 게다가 내가 아이들에게 "이 인어는 누구야?"라고 물었을 때 나는 그것이 상상의 친구, 장난감 혹은 대중매체 속 인물이라고 예상했으나 한 명이 아니라 여러 아이들이 이렇게 대답한 것에 놀랐다.

"아, 그건 나예요. 나는 인어예요."

한번은 무심코 이렇게 말했다.

"네가 인어인 척하는 게 정말 멋지다."

그러자 아이는 즉시, 단호하게 정정했다.

"아니요, 척하는 게 아니에요."

어린이의 상상 놀이는 다양한 목적과 맥락을 지닌다. 하지만 아이들의 인어에 대한 강한 동일시와 관심은 부모들이 말해준 딸들의 놀이 이야기, 내가 직접 관찰한 장면들, 아이들이 그린 그림, 그리고 그들이 선택하고 소비한 미디어 전반에 걸쳐 일관되게 나타났다. 상상력 넘치는 내면세계를 통해 긍정적 자기 개념과 회복력을 구축하는 대부분의 아이들처럼, 한 참여자는 나에게 이렇게 말했다.

"내 안에 인어가 있어요."•

•　Sally Campbell Galman, "Enchanted Selves: Transgender Children's Persistent Use of Mermaid Imagery in Self-Portraiture", *Shima: The International Journal of Research into Island Cultures*, Vol. 12 No. 2, 2018, pp. 168~169.

Figure 1 – 9year old Ellie's drawing

길들이는 살

투명한 베개에서 네가 잠든다. 꿈속에 머리를 빠뜨려 잃는다. 거대한 물방울을 목에 얹고 복도를 걸어 다닌다.

네게 해파리가 온다. 창을 넘어온다. 빛이 너와 해파리 사이에서 흐물거린다. 투명한 세 번째 다리가 가리킨다. 저쪽으로 가소서.

너는 가지 않는다. 너무 투명해서 너는 거의 미래다. 해파리가 경고한다. 물을 뭉치지 마소서. 너는 흩어진다.

백 개의 다리가 백 개의 슬리퍼를 신는다. 해파리가 투명한 침실로 너를 안내한다. 당신의 꿈을 대신 꿔주겠소. 너는 고개를 젓는다. 알아서 할게요.

너는 알아서 짐을 푼다. 알아서 컴퓨터를 켠다. 푸른빛이 피부를 침범하게 둔다.

너의 살갗이 헝클어진다. 너는 알아서 만끽한다. 백 개의 무릎을 동시에 흔들며 해파리는 창틀에 앉아 있다.

너는 거대한 물방울에 숟가락을 밀어 넣는다. 근육이 뭉친 것 같다.

얼굴로 너울이 밀려온다. 비 오는 날의 수평선—너의 가느다란 생김새.

파이프 뚫리는 소리가 총성 같다. 너는 너의 눈을 향해 뛴다.

아래는 해파리의 구술 기록이다:

자는 사람을 쓰다듬어봤어. 머리도 쓸어주고 토닥토닥해주고. 이럴 때면 어떤 꿈을 만지고 있다는 느낌이 들어. 꿈이 내 손바닥 밑에서 만져지고 있다, 그런 느낌. 꿈에도 하늘이 있고 땅이 있을 텐데, 지금쯤 그 하늘과 땅이 잠시 흔들리고 있을지도 모르지. 효율적이지 않니? 그냥 자는 사람을 만지는 것으로…… 어떤 시공간을 쓰다듬을 수 있다니. 내 손길이 꿈의 흔들리는 전체가 된다니. 기억해, 이

게 바로 꿈의 촉감이구나…… 꿈의 온도는 인간의 체온이
구나…… 꿈에서 더위와 추위를 느끼지 못하는 건 그래서
일지도 몰라. 자신의 체온 안에서는 덥지도 춥지도 않을
테니까. 세계는 변온동물의 손 아래에서 뒤척이는 걸까.
사실 나는 그냥 이 사람을 내려다보는 중이야. 보기만 하
는 중이야. 아무 말도 하지 않고 만지지도 않고 최대한, 최
대한. 꿈속에서 오랫동안 살아 있도록. 넘어져 다쳤는데도
아프지 않은 상처를 건드려보며 그곳이 꿈속임을 깨닫고
도 놀라지 않도록.

너는 너의 꿈에서 해파리를 벗겨낸다.

다리처럼 보이는 것은 사실 촉수라고 한다.

소금 바다

검은 소나무 숲
빼곡한 언덕을 오르면
바다가 보였다

솔잎이 맨살을 스치며
감미로운 소리를 냈다

소금 저녁
소금 수평선 위로
소금 별 하나가 내게 이빨을 드러냈다

이빨은 커다란 유리창 되어
바다에 떨어져 꽂혔다

천 개의 소나무들이 우어어어
흔들렸다

유리창 너머로 파도가
나를 보다가 무너졌다

덕분에 알아챈 것은,
내가 흰 거북이라는 사실이다

어제와 내일로
머리와 꼬리를 뻗고 있었다

누가 커다란 혀로
내 등을 핥고 갔을까?

흙 묻은 발바닥만 까맣다
솔잎 두 개 묻어 있다

나는
"몰라요"
"몰라요"
말하면서 백사장을
기어다녔다

모래 위 길게 파인 자국을 읽으려
누군가 입을 벌린다

서서히 빗소리 되어가는 목소리
서서히 목소리 되어가는 빗소리

바다를 끓이나 보다

물안개 나를 가린다

다 카포

우리가 그 바다에 매일 갔던 건
바다를 좋아해서가 아니다.

그 바다가 흰 바다였기 때문이다.
그 바다가 흰 바다가 아니었기 때문이다.
흰 바다가 희지 않은 바다의 가죽이었기 때문이다.
희지 않은 바다가 흰 바다를 헝클어뜨리고 있었기 때문
이다.

흰 바다는 흰 바다보다 어설펐다.
희지 않은 바다는 희지 않은 바다보다 바스락거렸다.
엎치락뒤치락하는 형상은 파도의 행렬일 뿐 우리가 아
니었다.
아니었다. 우리는 아니라고 말하러 바다에 간 것이다.

　아. 안

　니. 넝

네 개의 손에 네 개의 돌을 쥐고서. 우리는 네 개의 전모를 쥐었다고 생각했다. 바다의 끝에 살던 돌들이었기 때문이다. 바다를 끝으로 이끄는 돌들이었기 때문이다. 우리는 절벽의 측면을 따라 걸었다. 측면의 기울기를 베끼려고. 측면 위에 잠시 맺혀보려고. 절벽은 그림자를 따라 느리게 꺾이는 운동을 하고 있었다. 네 개의 돌이 네 개의 온기를 되풀이하고 있었다. 네 개의 돌이 네 개의 ……를, 네 개의 손이 네 개의 ……, 네 개의… 네 개는, 네 개의, 네 개로… 네 개와 네 개의 네 개가 태어날 것 같았지만. 네 개의 네 개에게 엎드려 하고 싶었지만. 네 개의 귀로 네가 나를 들어주고 있었다. 나를 들으려고 너를 부르는 소리를 내고 있었다. 안……녕…… 너는 어떤 그림자의 측면이니.

우리가 햇볕 아래에서 멈춘 건 햇볕을 좋아해서가 아니다. 햇볕이 돌처럼 뭉치고 있어서 뭉치는 햇볕 곁에서 우리가 가까스로 멈춰 있어서가 아니다. 우리는 팔을 들어 올렸다. 심장을 들어 올렸다. 약한 심장과 강한 심장이 함께 뛰었다. 팔과 팔이 겹쳤다. 목과 목이 어긋났다. 춤이 몸과 바다의 접속사였다. 우리를 가져가. 가져가세요. 우리가 안녕 안녕 외치며 솟구치는 동안. 그을리면서. 우리를 빼앗기면서. 흰 바다 위에 인체 해부도를 그리면서. 콘크리트를 양생하면서. 거대 눈사람을 빚으면서. 부수면서. 엎드린 눈이 되면서. 눈과 함께 멍멍 부서지면서. 한국어를 잊으면서. 짖고 침 흘리고 땀에 잠기면서.

우리는 어느새 흰 개의 머리와 꼬리가 되어 있었다. 나는 머리 너는 꼬리. 네 개의 다리가 땅으로부터 우리를 밀어내고 있었다. 내가 멍멍 하면 너는 흔들리고. 네가 흔들리면 나는 돌아보고. 동시에 환희하고 동시에 옆모습이 된다. 자, 물어 와.

돌이 날아간다.
하나의 영혼에 실린 우리가 새파란 물결을 따라 달려 나간다.

엄마가 섬 그늘에 굴 따러 가면
아기가 혼자 남아 집을 보다가
바다가 불러주는 자장노래에
팔 베고 스르르르 잠이 듭니다

아기는 잠을 곤히 자고 있지만
갈매기 울음소리 맘이 설레어
다 못 찬 굴바구니 머리에 이고
엄마는 모랫길을 달려옵니다

엄마는 모랫길을 달려옵니다

　태몽담은 출산의 전말에 대한 이야기라는 점에서 생명의 이야기다. 그런데 태몽담 중에서는 인공적 작용에 의해 태아가 죽음에 이르는 이야기도 있다. 본 논문에서는 이러한 이야기를 '낙태 관련 태몽담'이라 칭하고 그 유형, 구조적 의미, 사회·문화적 의의에 대해 논하였다.

　우선 이들 이야기는 꿈에 낙태가 예시되는 유형과 꿈의 영향으로 낙태 여부가 결정되는 유형으로 나뉜다. 이처럼 꿈의 양상을 강조하는가, 그 영향을 강조하는가 하는 차이가 있지만 낙태 관련 태몽담에 속하는 이야기들은 구조상으로 꿈과 낙태가 긴밀히 관련된다는 공통점이 있다. 다음으로 태몽 습속은 아들낳기 욕망에 의해 존속한다. 낙태 역시 소수 자녀 출산을 목표로 하는 가족계획의 지배하에서 아들낳기 욕망에 의해 행해지는 것이다. 따라서 낙태 관련 태몽담의 구조적 의미는 아들낳기 욕망의 강화라고 할 수 있다. 마지막으로 이러한 낙태 관련 태몽담은 태아가 딸이라는 이유로 버림받는다는 점에서 전통적 여아유기 서사를 계승한다고 할 수 있다. 특히 낙태는 전통적 아들낳기 욕망이 현대의 소수자녀 출산 상황과 맞물려 행해지므로 낙태 관련 태몽담은 현대적 여아유기 서사로서 의의가 있다. (……)

　그런데 태몽담 중에는 간혹 출산 즉, 생명 획득으로 귀결되지 않는 사례가 있다. 바로 태몽담의 주인공이 태아 상태에서, 혹은 출산 후 성장과정에서 죽는 경우이다. 중

년 이상에서 죽을 때도 있다. 물론 이들의 경우 꿈의 구조도 태몽주체와 태아상징 간의 접촉보다는 분리 등을 통해 죽음을 예시(豫示)할 때가 많다. 이럴 때 태몽담은 생명 탄생으로 대변되는 삶의 이야기가 아니라 죽음의 이야기가 된다. 그리고 이들 이야기는 생명 탄생에 수반되는 기쁨 등의 낙관적 정조보다는 안타까움, 회한 등 비극적 정조를 띠기 마련이다. 물론 태몽에서 죽음이 예시되므로 향유층이 느끼는 꿈의 예지력에 대한 경이감은 일반 태몽담과 다르지 않다. '꿈 → 출산' 구조와 '꿈 → 죽음'의 구조가 경이감의 측면에서 큰 차이가 없는 것이다. 꿈의 예시에 따라 생명이 탄생한 것이나 죽게 된 것이나 향유층에게는 동일하게 놀라운 일일 것이기 때문이다. 따라서 사망을 예시하는 태몽담은 구조, 궁극적인 의미, 정조 등에서 일반 태몽담과 현격한 차이가 난다고 할 수 있다. (……)

요컨대 우리 문학사에는 여아유기 내지 여아살해 습속의 흔적을 보이는 서사들이 있고, 이들은 여아유기 서사의 전통으로서 의미가 있다. 이 점에서 태몽담 중 낙태 관련 서사는 여아유기 서사의 전통을 계승한다고 할 수 있다. 전통적인 여아유기 서사들과 마찬가지로 태아가 딸이라는 이유로 버려졌기 때문이다.

•　박상란, 「낙태 관련 태몽담의 서사적 특징과 의의」, 『한국문학연구』 제44호, 동국대학교 한국문학연구소, 2013, 211~239쪽 부분 발췌.

번호	구연자	태몽 주체	태몽 대상	서사 단락	후일담(구연 정보)
1	김○○ (여, 51, 1녀 1남)	구연자	아들들 (추정)	㉠ 큰 나무에 백호랑이 네 마리가 놀다가 세 마리가 떨어져 죽음 ㉡ 꼭대기에 있는 백호랑이만 품에 떨어져 눈을 마주치고 좋아했음 ㉢ 아들 하나 낳고 세 번 낙태함	·세 마리가 죽었으니 세 번 유산할 것이라는 말을 들었음 ·피임 관리 소홀로 낙태(2011. 11. 4, 경기도 구리시)
2	박○○ (여, 51, 2남)	구연자	아들 (추정)	㉠ 고구마밭에서 순 하나를 뽑음 ㉡ 큰 고구마 두 개가 나오고 세 번째 것은 부러짐 ㉢ 아들이 셋일 텐데 둘만 출산	·첫아들 이후 한 명을 낙태시킬 것을 예시한 꿈으로 여김 ·둘만 출산한 것은 한 번 낙태한 일과 관련된 것으로 여김 (2012. 2. 25, 인천시 청천동)
3	김○○ (여, 42, 1녀 1남)	구연자의 시부모	둘째 아이	㉠ 시골집으로 눈이 초롱초롱한 소 한 마리가 들어옴 ㉡ 대문 밖까지만 들어오고 못 들어온 채 쳐다보고 있음 ㉢ 이미 낙태시켰음	·지워질 애라 딱 못 들어오고 머뭇거린 것으로 여김 ·꿈의 예시성을 강하게 믿고 있는 편 (2012. 2. 25, 인천시 청천동)
4	이○○ (여, 43, 1녀 2남)	구연자의 언니	딸(추정)	㉠ 죽은 뱀이 바글바글함 ㉡ 둘째를 낙태시킨 것과 관련됨	·둘째로 아들을 낳으려고 낙태시켰는데 그 일을 모르고 꾼 꿈임(2012. 2. 25, 인천시 청천동)

• 박상란, 같은 글, 217쪽.

환영의 맛

호랑이와 내가 야외 극장에서 함께 영화를 보고 있었기 때문에, 영화는 으르렁거리는 낮은 소리, 가볍게 짖는 소리, 거칠어진 감정을 억누르는 숨소리 등을 자막으로 띄워주고 있었다. 그런 자막을 나는 읽을 수 없었지만, 옆에 앉은 호랑이가 하얗고 긴 수염을 떨며 웃을 때마다 그래 너도 잘 이해하고 있구나 그런 생각을 하며 앉아 있었다. 라지 사이즈 팝콘에 앞발을 넣다가 종이 봉투를 찢어서 멋쩍은 얼굴을 하는 호랑이. 호랑이와 나의 발밑으로 쏟아진 팝콘 몇 알은 앞좌석 아래의 어둠 속으로 포르르 굴러가더니 사라졌다. 스크린에서 뻗어 나온 빛이 우리를 지속적으로 덮치고 있었다. 호랑이에게 호랑이 모양의 빛이 끼얹어지고 나에게 사람 모양의 빛이 끼얹어질 때, 가끔 우리는 서로를 바라보았지만 눈이 마주치면 황급히 다시 스크린 쪽으로 고개를 돌려야 했다. 공포영화였을까 그러나 호랑이의 공포와 나의 공포가 달랐기에 그것을 뭐라고 불러야 할지 몰랐다. 무성영화였을까 그러나 호랑이의 음성과 나의 음성이 달랐기에 그것을 뭐라고 불러야 할지 몰랐다. 호랑이의 공포에 대해 호랑이의 음성에 대해 아는 바가 없었다. 야외 극장에서는 모두 서로 다른 종의 일행과 둘씩 앉아 있었다. 가끔 자신의 동행을 잡아먹는 커플도 있었다. 군데군데 피로 얼룩져 있는 의자 위로 스크린의 빛이 끼얹어졌다. 핏물 위에는 핏물 모양의 빛이, 내장 위에는 내장 모양의 빛이 끼얹어졌다. 내장만 홀로 남아 영화를 보고 있는 경우도 있었고 그 모습은 조금 쓸쓸해 보였다. 나는 호랑이를 바라보았다. 호랑이도 나를 바라보았다. 우리 중 누가 누구를 잡아먹을 것인가? 누가 누구의 피와 살이 될 것인가? 우리는 다시 서로의 눈을 피했고, 콜라를 각자 한 모금씩 마셨고, 헛기침을 했고, 몰래 송곳니를 만져보았다. 호랑이는 담배를 한 대 피웠고, 나는 맥주를 반 잔 마셨다. 우리의 동서남북으로 서로를 할퀴고 삼키고 찢는 일행들의 소리가 점점 더 자주 들려왔지만 우리는 그것을 영화의 일부로 받아들이려 애쓰고 있었다. 엔딩 크레딧이 올라가기 직전, 호랑이가 포기했다는 듯 내게 목덜미를 내밀었다.

—자.
—아니, 괜찮아.
—자.

―미친놈아.

―자.

―그만해, 제발.

으르렁거리며 나는 그에게 키스했다. 그의 입속에서 환
영의 맛―피비린내에 가까운―이 났다.

무빙 이미지
—그리고 백 개의 휘어짐

영화를 찍겠다고 했다. 너무 작아서 그걸로 되겠나 싶은 캠코더를 들고 너는 스물네 시간짜리 바다를 찍겠다고 했다. 자정부터 자정까지. 스물네 시간짜리 바다를 두 개 찍겠다고 했다. 하나는 동해, 하나는 서해. 커다란 화면 중앙에 작은 화면을 중첩할 거라고 했다. 커다란 화면에 바다 하나를, 작은 화면에 다른 바다를 상영할 거라고. 커다란 바다의 수평선과 작은 바다의 수평선이 이어지도록 화면은 배치될 것이다. 한 바다의 일출과 다른 바다의 일몰로부터 영상은 시작된다. 한 바다에 아침이 찾아올 때 다른 바다에는 밤이 찾아올 것이다.

너는 상영된다. 너는 너무 작아서 그걸로 되겠나 싶은 캠코더를 들고 있다. 네가 서 있는 곳이 동해 바다인지 서해 바다인지 화면상으로는 알 수가 없다. 너는 백사장에 삼각대를 고정하느라 한참 애를 먹는다. 짧은 머리카락이 미친 듯이 휘날리는 것으로 보아 바람이 많이 불고 있는 것 같다. 너는 운전을 못 하니까 기차나 버스를 타고 갔을 것이다. 너무 작아서 그걸로 되겠나 싶은 캠코더니까 많이 무겁지는 않았을 것이다. 네가 검정색 잔스포츠 백팩을 열고 스테인리스 텀블러를 꺼내는데 그 안에 든 것이 유자차인지 루이보스인지 화면상으로는 알 수가 없다. 너의 입김이 바다를 가린다. 파도가 높지만 입김을 뚫고 서핑하는 사람들이 있다. 너는 서핑하는 사람들을 앵글에 담고 싶지 않아 고민하는 것 같다. 서핑의 이미지가 관객들로 하여금 이 장소는 어느 해변일 것이라거나 촬영 시기가 언제쯤일 것이라거나 하는 등의 불확실한 의문을 소거하게 하는 단서가 될까 봐 그러는 거다. 너는 그 모든 가능성이 중첩되어 있는 바다의 이미지를 원한다. 너는 뷰파인더에 눈을 갖다 댄다. 영원하고 무궁한 바다의 상을 바라는 너의 움직임이 클로즈업 된다. 화질이 그리 좋지 않다. 그걸로 되겠나 싶은 그런 캠코더로 너를 찍은 것 같다. 렌즈는 자꾸 백사장 쪽으로 추락했다가 다시 너를 향하고 하늘로 솟구쳤다가 다시 너를 향하고 그런다. 이딴 캠코더로 찍히고 있다는 사실을 네가 아는지 모르는지 알 수가 없다. 너는 오직 뷰파인더에만 몰두하고 있지 자신이 찍히고 있다는 사실에는 도무지 관심이 없어 보인다. 너의 눈에는 너를 향하고 있는 이 렌즈가 보이지 않나. 너의 움직임이 장면의 일부가 될 거라는 사실을 모르고 있나. 알면서 아닌 척하고 있는 건가. 너는 왜 스물네 시간짜리 바다를 찍겠다고 추워죽겠는데 그러고 있는지, 누가 스물네 시간짜리 영상을 봐주기나 할 것 같은지, 나는 너무 답답한데 여기서 잔소리한다고 네게 들리지는 않을 것이다. 너는 장면 속에 있다. 너는 너를 수행하고 있다. 일출인지 일몰인지 알 수 없는 주황빛이 화면을 가득 채우고. 서핑하는 사람들의 작은 그림자가 파도 위에서 짙어졌다가 옅어졌다가 한다. 너무 눈부셔서 너의 얼굴은 다 사라질 지경인데. 이제 아침이 올지 밤이 올지 알 수도 없는데. 허리를 구부려 뷰파인더에 눈을 갖다 대는 너의 반복적인 움직임이 무슨 단서 같다. 그러나 나는 모든 가능성이 중첩되어 있는, 영원하고 무궁한 너의 이미지를 원한다.

기차는 자꾸 늦는다.
이미 늦은 것도 또다시 늦는다.

누군가 무궁화호 열차 좌석에 앉아 졸고 있는 나를 보고 간다. 나의 머리가 이쪽저쪽으로 기울어지며 눈 내리는 창밖 풍경과 뒤섞이지 못하는 모습을. 부풀어 올랐다 다시

가라앉는 흉통의 움직임을. 내 몸의 표면이 그의 눈동자에 잠시 비쳤다 사라진다. 멀어진다. 비틀거리며 열차 복도를 걷는 발소리가 나의 눈꺼풀 속에 하나의 상으로 맺힌다.

바람이 계속 부나 보다. 백사장 위에서 카메라가 쓰러지고 또 쓰러지고 하는데 너는 자꾸 그것을 일으켜 세운다.

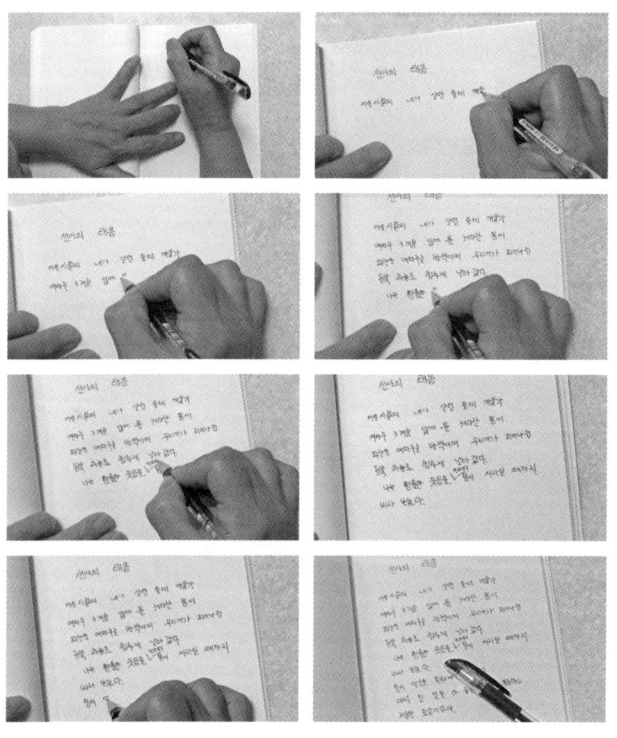

부르는 불

우리, 눈 감고 있었지 어둠 속에서 떠오르는 것을 말하기로 했지 떠오른 것은 떠올랐기에 사라졌지 네가 사라진다, 사라진다, 반복하는 동안 나는 아무 말도 하지 않았어

사라진다, 사라진다, 하던 네가 갑자기 다른 나라의 단어를 내뱉었을 때, 나는 내가 모르는 언어임에도 사라진다, 라는 뜻이라는 것을 알았다 그러나 너는 그 말이 축하한다, 라는 뜻이라고 했지 나는 금세 거짓말임을 알았지만 그렇구나, 답했고 그렇구나, 그렇구나, 억양을 조금씩 바꾸며 몇 번 더 말해보았다 감은 눈의 안쪽으로 떠오르는 촛농과 깃털, 셔츠와 성상 그 모든 것을 묘사하듯이 그렇구나, 그렇구나

그러자 너는 어둠 위로 나의 그렇구나, 가 보인다고 했다 그러나 나는 너의 사라진다, 가 보이지 않았어 어쩌면 축하한다, 를 볼 수 있을 것 같았지만 기억 속 네 목소리를 더듬으면 거짓말이 보이기 시작했다 거짓말은 빈 밭에서 피어오르는 불이었다 하늘을 끓이는 불이었다 집채만 한 짚에 붙은 불이었고 사슴을 멀리까지 도망치게 하는 불이

었다 빈 밭은 비어 있어 멀리까지 넓었고

　눈꺼풀 안쪽을 태우는 불을 꺼뜨리지 않으려 애쓰면서
네가 다른 언어로 사라진다, 하는 소리를 떠올렸다 그러자
불은 점점 더 커지는 듯했다 검은 연기 솟구쳐 하늘을 뒤
덮는 듯했다 전쟁이 나려는 듯했다 나는 다른 나라의 사
라진다, 를 한 번 따라 말해보았다 너는 웃음을 터뜨리며
그 발음은 틀렸다고 했다 그건 그냥 헛소리라고, 그렇게
말했다가는 사람들이 너를 사기꾼이나 독재자라고 생각할
거라고, 최소한 모두가 멀리 떠나갈 거라고

　나는 너를 따라 웃으며 눈을 떴다 너는 없고 어린 사슴
하나 나를 보고 있다 안녕, 하자 사슴의 눈동자 위로 한
폭의 불이 일렁인다

Type it.

용

      아니에요

     호랑이

  해

          해골

       달

금붕어

   구렁이

 인어

• '산성비'는 1994년 한글과컴퓨터에서 제작한 타자 연습 게임이다. 사용자는 화면 아래쪽으로 낙하하는 단어들을 타자로 입력해 제거해야 한다. 단어들은 그래픽으로 구현된 하늘에서 지상을 향해 떨어지며, 사용자는 '단어 산성비'가 지표를 오염시키기 전에 빠르게 타자를 친다. 일정 수 이상의 단어가 지면에 닿으면 게임은 종료된다.

잠

거북이

잉어

아이폰

복숭아

케타민

삼각형

돼지

국화

호박벌

처녀귀신

구겨진

사과

볼프강

백조

!!!

커터칼

오락실

코스모스

ㅏ上工으후루꾸＿十オウΣアト丁ㅠ下ㅠ丁トアΣウオ十＿꾸루후으工上"A"A上工으후
丁トアΣウオ十＿꾸루후으工上"A"A上工으후루꾸＿十オウΣアト丁ㅠ下ㅠ丁トアΣウ
으후루꾸＿十オウΣアト丁ㅠ下ㅠ丁トアΣウオ十＿꾸루후으工上"A"A上工으후루꾸
Σウオ十＿꾸루후으工上"A"A上工으후루꾸＿十オウΣアト丁ㅠ下ㅠ丁トアΣウオ十＿
루꾸＿十オウΣアト丁ㅠ下ㅠ丁トアΣウオ十＿꾸루후으工上"A"A上工으후루꾸＿十
オ十＿꾸루후으工上"A"A上工으후루꾸＿十オウΣアト丁ㅠ下ㅠ丁トアΣウオ十＿꾸루

황새

소나무

모기

손톱

사슴

피아노

Tschüss

ーウΣア卜丁ㅠ下ㅠ丁卜アΣウオ十＿꾸루후으工上”A”A上工으후루꾸＿十オウΣアト
후으工上”A”A上工으후루꾸＿十オウΣア卜丁ㅠ下ㅠ丁卜アΣウオ十＿꾸루후으工上
アト丁ㅠ下ㅠ丁卜アΣウオ十＿꾸루후으工上”A”A上工으후루꾸＿十オウΣア卜丁ㅠ下
工上”A”A上工으후루꾸＿十オウΣア卜丁ㅠ下ㅠ丁卜アΣウオ十＿꾸루후으工上”A”A
ㅠ下ㅠ丁卜アΣウオ十＿꾸루후으工上”A“A上工으후루꾸＿十オウΣア卜丁ㅠ下ㅠ丁
”A”A上工으후루꾸＿十オウΣア卜丁ㅠ下ㅠ丁卜アΣウオ十＿꾸루후으工上”A“A上工

[k가 읽습니다]*

*

한 사람을 위한 공-원 레지던시 2024 @00gongwon
〈k에게〉 낭독자 모집_무랑무아

*

낭독 신청: 프로필 싱단 구글폼으로 신청해주세요.

*

*

안녕하세요. 무랑무아입니다.

얼마 전에 「k에게」라는 편지글을 마쳤습니다. 글은 편지 형식의 작은 책자 『어젯밤 꿈』에 수록되어 있습니다. 모든 페이지가 편지지처럼 하나로 이어져 접혀 있는 편지 같은 책, 책 같은 편지입니다. 그중 「k에게」는 성폭력 피해 이후 2013~2023년 사이의 꿈 7편을 모아 k에게 보내는 편지글로 묶은 것입니다. 이 글은 성폭력 피해의 자전적인 이야기로 잃어버린 말을 되찾는 과정을 다룹니다.

언젠가 저는 알파벳 K를 한참 바라보다 그것을 왼쪽 방향으로 돌려 뉘면 안테나가 되고, 오른쪽 방향으로 돌려 엎으면 다리가 되는 모양이 좋았습니다. 그래서 대문자 K가 신호를 보내는 사람, 연결하는 사람의 머리글자 같은 것

---

* 2024년 10월 서울 서왕공원에서 진행된 공-원 레지던시 보고전 무랑무아 〈어젯밤 꿈〉에서 책자를 읽을 낭독자 k 모집글 전문. 2024년 8월 5일 인스타그램 moorang_mooa 계정에 게시됨.

이 될 수 있겠다 생각했지요. 그리고 그런 존재를 '감지자 K'라 부르기로 했습니다. 그때 저는 그것의 개별적 존재들인 수많은 k들이 어딘가에서 서로를 향해 보이지 않는 길을 내고 있는 모습을 떠올려봤습니다. 이런 사념들을 노트에 메모한 지 15년이 지난 지금, k에게 보낼 편지가 눈앞에 있습니다. 이제 그 편지를 k가, 한 사람 한 사람의 k가 받아주면 좋겠다고 말해봅니다. 편지를 소리 내어 읽는 사람 역시 마땅히 k라고 말이지요.

편지에는 어젯밤 꿈들이 아직 망연한 채로 놓여 있습니다. 꿈은 많은 성폭력 피해자가 그러하듯 '그 일'이 마치 없었던 것이 되어가는 현실에 대한 분노와 절망, 억압으로 채워졌습니다. 꿈을 꺼내 일으켜야 하는 이는 당사자일 수밖에 없지만 정말 혼자서는 다 할 수가 없는 것 같아요. 우리가 같이 그날의 어젯밤으로 들어가 먼지 수북한 꿈을 꺼내 온다면 그제야 비로소 나는, 무랑무아와 k는 다른 밤에 도착해 있을지 모릅니다. k의 낭독이 우리를 향해 내미는 손입니다. k의 낭독은 오랜 시간 화자와 청자가 없었던 어젯밤 꿈에 목소리를 입힙니다. 그 목소리를 통해 다시 편지가 (관객에게) 발신되는 상황을 만듭니다. 발신자와 수신자의 위치를 교차시키며 당사자와 비당사자 사이를 잇는 가교를 만듭니다. 낭독 작업은 아래와 같이 진행됩니다.

■ k는 『어젯밤 꿈』 책자를 우편으로 미리 받아봅니다.
8월 말까지 받을 수 있습니다.

■ 9월에 최소 2번의 연습, 소리 특강 1회+읽기 연습 1회
가 진행될 예정입니다. 소리 특강은 소리와 몸, 내면의 관
계를 탐색할 수 있는 수업으로 초빙 강사의 강의로 진행됩
니다(소리테라피 김은애, 수업 시간은 설문에서 취합). 읽
기 연습은 본격적인 리딩을 시작하기 위한 모임으로 추후
일정을 조정하겠습니다.

■ 낭독은 3명의 k가 편지의 파트를 나누어 읽습니다. k가
함께 모여 나누어 보면 좋겠습니다. 낭독 시간은 40분 내
외가 소요될 듯합니다.

■ 낭독일 당일 리허설이 있습니다. 구체적인 시간은 사
전에 공지드리겠습니다.

■ 낭독일은 2024년 10월 19일 토요일/27일 일요일 중
하루를 선택하시면 됩니다.

■ 낭독 장소는 서울 서대문구 경기대로7길 54 서왕공
원의 윈도우 공간입니다.
　이상 연습 2회, 리허설 1회, 낭독 1회의 만남에 모두 함

께할 수 있는 분을 찾습니다.

이 과정은 한 사람을 위한 공-원 레지던시 보고전 〈어젯밤 꿈〉 윈도우 전시의 하나로 진행됩니다. 모쪼록 함께하는 시간, 마음을 열 수 있는 6명의 k와 만날 수 있기를 바랍니다. 모집 기간은 8월 5일~8월 20일까지입니다.

※ 추가 읽기 모임이 필요할 경우 의견을 모아 진행합니다. k는 무랑무아와 함께 서왕공원을 낭독 연습 공간으로 활용할 수 있습니다.

※ 특강일과 낭독일이 동시에 충족된 상황이 되면 설문을 종료합니다. 따라서 신청했더라도 날짜가 맞지 않아 참여하지 못하게 될 수 있습니다. 설문을 종료하는 대로 낭독에 참여하게 된 분, 그렇지 못하게 된 분 모두 개별 연락 드리겠습니다.

감사합니다.

무랑무아 올림

합창

외나무다리 강을 가로질러
있고 다리 밑에는 엄마 서
있고 머리는 짧게 잘랐고
바지는 치켜올렸고 물 흐
르는 소리 들려오고 이따
금 엄마의 잠꼬대 소리, 구
름이 걷히는 듯 빛 들어와
다리 위에 서더니 엄마에
게 무언갈 가졌다는 느낌
던지기 시작한다˙

Gel Nails with Strawberry

Print˙˙

* 계미현.
** 공민.

영영*

The orange lily realizes

this is someone's dream**

잉어 품에 안으려다 넘어지
는 엄마
호랑이 굴 들어가다 도망치
는 엄마
구렁이 담 넘어오자 내쫓는
엄마
구렁이 담 넘어가듯 용 쫓
는 엄마
뱀의 머리 가지고는 안 되
는 엄마
자라 보고 놀란 엄마

딸, 우리 딸, 어느 날, 냄새
처럼 퍼지는 거, 그런 꿈을
꿨거든, 응, 봤지. 복숭아
먹고 남은 씨앗을 물고 가
는 길이었는데 입안에 나비
가 들어온 거야. 깜짝 놀라
서 도랑에 뱉어버렸지. 눈
앞의 산 나와 함께 숨을 뱉
었지. 산의 뼈 부드럽게 물
러가고 있었지. 굽이굽이
굽이치는 산과 잉어들. 분
홍 꼬리를 흔들며 헤엄치던
잉어 아니 조그만 용 한 마
리, 나와 산이 뱉은 걸 냉
큼 받아먹었어. 대낮인데도
살랑살랑 흔들리는 물결이
달을 쪼개고 있었지. 달의
피부 아래서 번지는 냄새
가 있었지. 복숭아야, 나비

Blooming heck!
All this light chasing,
water drinking, for nothing.
This ceramic pot
is someone else's breath.
These petals, symbols:
someone's gender, myth,
faith, pillow. Offended,
the orange lily goes to a bar

솥뚜껑 보고 놀라는 엄마
소 잃고
돌고래 키링 잃어버리는 엄마
까마귀 날자
배 떨어뜨리는 엄마
감 떨어진 엄마
고추밭에 고추는 뾰족한
고추
아야 아야 따가워서 우는
엄마
오이밭에 오이는 날씬한 오이
나는 언제 이뻐지나 우는
엄마
잉잉잉 잉잉잉 우느라 빈손   Strawberry seller hawking
인 엄마   strawberries on the street
중이 싫어 절 떠나는 엄마   their legs red from flowing
아빠 싫어 집 떠나는 엄마   to the river on the street
대통령 싫어 나라 떠나며   from the skirt on his waist
저거 내가 키우던 개 아니니   holding his skirt every time

야, 잉어야, 용아, 달아, 그
래 내 새끼, 응 엄마 고향이
었는데 깊어졌다 넓어졌다
휘어졌다 아주 가늘고 희박
해졌다 하는 고랑 사이로
길이 계속 이어졌지. 깊어
졌다 넓어졌다 휘어졌다 아
주 가늘고 희박해졌다 하
면서 반드시 걷기 좋은 빈
터를 내어주면서. 길은 자
꾸 열렸지. 길은 자꾸 밝았
지. 밝아서 열리는지, 열려
서 밝은지 모를 길의 옆구
리에서 조개가 자라고. 열
린 껍질 안쪽에서 자라는
열매는 시간을 반사하며 광
원 삼고 있었지. 아니 시간
이 고여 광원이 되어가고
있었어. 복숭아 씨앗에 날

and smashes a bottle on its
head.

Pukes itself. Hits on fifty
girls.

Thrifts a hideous dress.

Shaves everything off.

Names itself Linda.

Learns four languages.

Forgets seven.

Steals a dump truck,

names the truck Linda.

Drives to the wilds.

Eats wildflowers.

Invents a religion.

Falls asleep. Wakes up,

still in the dream.

Punches the walls of the
dream.

Waters itself in public.

개들 보고 웃는 엄마
하하하 하하하 떠나며 웃
는 엄마
외국인이 말해도 웃고 보는
엄마
ableben 하하하
best friend 하하하
$C = 2\pi r$ 하하하 웃느라
죽음도 절친도 모르는 엄마
원의 둘레도 모르며
해 삼키려다 도로 뱉는 엄마
달 씹으려다 이 상하는 엄마
별 쏟아지는 다리 위에서
다리 밑으로
온갖
별
크고 작은
상서로운
느낌

to two hands faltering the
strawberries.
You ask and they hand you a
strawberry from their fingers
semi cured gel nail strips
covering the dirt to the nails
and finger.
You say I will eat this straw-
berry.
She will grow in my belly
Just like your fingernails.
She will have from the river
to the street faltering with
two hands clutching the skirt
a red gel nail semi cured
glowing in my belly nobody
will think twice
Nobody will think
Twice and twice over, nothing

아든 나비를 삼킨 귀여운
용 한 마리 계속 헤엄치고.
용의 눈동자 위에서 어른
거리는 붉고 작은 불 자세
히 보니 해였어. 해가 쉬는
숨 속에서 달이 잠꼬대했
지. 눈꺼풀을 떨었지. 떨린
눈꺼풀에서 떨어진 부스러
기를 가리키며 별이라 말하
는 손가락이 있었지. 용의
꼬리 주변을 맴도는 별들,
부스러기로 날아드는 새 나
비들. 나비의 날갯짓 부드럽
게 물을 베고 있었지. 물결
을 헤매고 있었지. 언제나
하나 이상의 몸이. 하나 이
상의 삶이. 물과 용과 달과
산과 해와 나비 서로의 안
팎을 노니는 것 같았지. 투

Waters itself until it grows
into a bonfire. The orange
lily
cannot be itself. It needn't
be,
in this makeshift eternity.
The spectators are symbols:
the many closed eyes
of the dreamer. These ashes
are mine, not mine,
whispers the orange lily,
ecstatic,
scattered. Seconds later,
it feels a cold sting:
the ashes have grown back
into a pot, into petals.

흐르는
사이로 빈속 꺼내 보이는
엄마
깨진 마음 밟으며
엄마야! 하고 놀라는 엄마
아야 아야 따갑다고 잉잉잉
울다가도
엄마야~ 하고 장난치는 어
린 네가
내
엄마야?

and nobody
With semi cured gel nail
strips from the river
The nails as flowing as the
river from the streets and
two hands clutching the
nails faltering. Nibbling. The
nails grow even as we think.
Twice over.
Faltering two hands to the
street the skirt clutching
the strawberries. Falling.
Twice and twice over.

명했어. 투명했지. 부드러웠
어. 부드러웠지. 그림자를
헝크는 물결과 물결을 헝크
는 그림자. 물결과 그림자
의 놀이와 놀이가 헝클고
다시 빛는 모양들. 투명했
지. 비어 있었지. 시간을 가
로지르며 서로를 위조할 것
처럼. 착각할 것처럼. 비어
있음으로 온몸을 울리며
웃을 준비가 되어 있었거
든. 온몸 아주 깊숙한 곳까
지 껴안고 안기기에 좋았거
든. 시간이 우리를 실수하
고 있었지. 빛의 오류로 기
억하고 있었지. 물을 따라
흘러가며 제 그림자를 거꾸
로 껴안으며. 시간은 우리
를 잊는 척하며 되새겼지.

하하하!
하하하~
엄마야?

우리를 되풀이하며 자꾸
실수했지. 그런 되새김 속
에서 바뀌는 몸, 그려지는
손금, 손금을 입체로 세우
는 숨, 숨을 불어넣는 시간,
이마를 짚는 손, 나의 손금
이 너의 이마로 옮겨 갔지.
이마를 어른거리는 무늬를
빚고 있었지. 무늬가 부드
럽게 운동하며 서로를 덮었
지. 시간은 우리를 부드럽
게 흐리고 있었지. 시간은
우리를 실수라 부르며 웃고
있었지. 꼬리가 만든 물결
돌아와 꼬리를 스치며 작
은 소용돌이 만들고. 그 안
에서 웃는 달과 해와 내 사
랑하는 작은 복숭아야, 나
비야, 산아, 용아, 물아, 아

이야, 사람아, 조그만 조그
마한 몸아. 몸을 구부리는
시간이 너의 꿈과 나의 꿈
을 잠시 맞붙이고 있었지.
나의 꿈이 너의 몸을 기억
하고 있었지.

4인의 (퀴어) 시인들이 스스로의 태몽을 상상하며 쓴 시. 낭독을 위해
4인의 목소리를 필요로 한다.

내 꿈을 베껴

"사랑은 실행으로 옮겨야지!"
늙은 은둔자가 외쳤다.
연못 너머로 메아리가
그 말을 인정하려고 애쓰고 또 애썼다.[*]

가는 백발의 노인이다. 가의 흰 정수리에 드리운 햇볕의 전체가 나에게 반사된다. 가의 취미는 독서이고 책을 읽기 전, 가는 사탕 껍질을 벗긴다. 레몬 사탕 껍질을. 가가 읽을 책의 제목은 페이지를 넘긴 탓에 가려졌지만, 챕터1의 제목은 "THE DAY"다. THE DAY…… 가는 중얼중얼 사탕 껍질을 벗긴다.

나는 가의 눈 속에 앉아 있다. 약간 녹은 레몬 사탕 껍질을 벗기면서, 가는 이야기를 시작한다. 나는 가의 이야기 듣기를 좋아한다. 사탕을 감싼 투명한 비닐이 바스락거리듯이 이야기는 시작된다.

<hr>

[*] 엘리자베스 비숍, 「슈맹 드 페르」, 『우리는 내륙으로 질주한다』, 이주혜 옮김, 봄날의책, 2025, 26쪽.

"

„

“슬퍼요.”
“슬프지.”

나는 가의 메아리다.
거의 그렇다.

가의
쪼글쪼글한 손가락이 사탕 껍질을
벗긴다. 녹은 사탕에 달라붙은 얇은 비닐을
천천히 떼어낸다. 사탕의 뒷면만이
껍질에 붙어 있게 되자, 가는 앞니로
사탕과 비닐의 접면을
살짝 문다. 사탕은 비닐로부터 떨어져
가의 어두운 입속으로, 혀 아래로 미끄러진다.
레몬 사탕은 가의 생각보다 시다.
가의 침샘에서 침이 가득 나온다.
손을 닦았지만 여전히 끈적이는,
손가락에 남아 있는 레몬 사탕을
느끼며, 가는 책을 넘긴다.
바스락거리며 페이지는 넘어간다.
가의 손끝에 "THE DAY" 써 있는
종이가 잠깐 달라붙었다 떨어진다.
나는 가의 눈으로부터 벗겨진다.[*]

• 마거릿 테이트(Margaret Tait), 〈A Portrait of Ga〉(1952).

- 김미현, ⟨Night Score #1: 흰 방과 두 명의 인간 그리고 심야를 위한 녹음⟩(화이
트 마커펜으로 유리창에 기록, 두 인간, 필기된 대화, 깊은 밤. 230×220cm, 퍼포먼
스 아카이브), 2024. 장소: koldsleep(서울시 강북구 인수봉로 301), 사진: 김예솔비.

　　** 꿈의 척추(ㅗ, ㅓ, ㅣ, ㅒ/필름 캐니스터/혀뿌리/uni-
ball signo DX 0.38 black/지하여장군/너의 용기/폭포/초
침/눅눅한 감자튀김/!)를 바로 세우고 디스크를 예방하
세요.(꿈은 외골격계 생물이기에, 어느 날 당신의 꿈을 버
티는 아치형 뼈에 둥근 입김 서리고 누군가 그 위에 손가
락으로 글씨 쓰지 않도록, 입김을 지운 투명한 글씨 위에
한쪽 눈 갖다 댈 때 그 안에서 다른 눈동자 마주치고 깜
짝 놀라지 않도록)

화이트보이스

(글자는 인간이 세계를 절제하려고 만들어낸 무늬야.) (호수의 절반은 얼음 속에, 절반은 그림 속에 담겨 있네.) (너는 너의 살얼음처럼 보여.) (어둠과 밤과 잠을 누가 처음 구별했을까?) (울타리를 뽑아 들어 올렸다고 생각했는데 수평선이 들어 올려졌어.) (한 언어의 시끄러움은 다른 언어로 옮겨지기 쉬워. 한 언어의 조용함은 다른 언어로 옮겨지기 어려워.) (한 사람이 전화를 받더니 으르렁거리는 거야.) (우리는 함께 있네.) (구름이 구름으로부터 벗겨져.) (영원은 항구적이고 반복적인 소멸의 모음이야.) (젖은 편지 말리기.) (너는 눈이랑 얼음이랑 그런 걸 가져오더니 내 손에 쥐여주네.) (봐, 하얀 건 눈이고, 투명한 건 얼음이야.) (말보다 말이 깨지는 순간.) (사과를 힘껏 던지는 날.) (어제는 우연히 빛의 야윈 등을 보았어.) (물푸레나무.) (조약돌, 조약돌, 조약돌.) (은박지를 머리 위로 들고 달렸다.) (연꽃 모종이 우리를 붙들었다.) (영화 제목만 지어봐. 절대 그 영화를 찍으면 안 돼.) (물푸레나무.) (빈 강당은 갑자기 해변이 되었네.) (짹짹 소리가 엉엉 소리로, 철썩철썩으로.) (근육과 바람, 솟아나는 것.) (햇살이 되어 나의 등 위로 쏟아지던 엄마.) (흔들리는 강물, 죽

은 친구들의 주름.) (손톱 밑의 살에서 나뭇잎이 자라나 바람에 흩날릴 때, 한쪽 눈동자가 작은 태양이 되어 그 잎을 비춘다고 상상하세요.) (내가 쿵 하면 너는.) (하나의 골목을 열한 개의 장면으로 나누기.) (물과 장막.) (수증기를 스크린으로.) (아구아 비바!) (서울의 없음을 산책하기.) (오직 미래만이 꿈이 아니며, 오직 미래만이 우리를 가여워하지 않는다네.) (   ) (   )

(   )

(

(

(

)

)   ( ) ((

((((()(((((((((((((((((((((

*

　꿈을 말하는 목소리는 노이즈다. 사회적, 역사적 거대 서사를 구성하는 패턴화된 리듬에 포섭되지 않는다. 노이즈로서의 꿈-말하기에 귀 기울이기 위해 어떤 방법론을 사용할 수 있을까. 끝없이 '노이즈 캔슬링' 하는 세계에서 어떻게 이 소음을 들리는 것으로 만들 수 있을까.

*

　'인공'이라는 단어의 반대편에 인간의 통제를 벗어난 생성의 장으로서의 '자연'을 놓을 수 있다면, 꿈은 내부화된 자연이다. 도시 생활자인 우리가 잃어버린 것은 자연을 정복이 아닌 동화(同化)의 대상으로 여기는 태도이며, 세계를 시간의 흐름에 따른 선형적 발전의 양상이 아닌 순환하는 모습으로 바라보는 시선이다. 꿈은 꿈꾸는 몸과 동화되고 순환한다.

*

반시(反詩)에의 추구는 시의 세부와 질량, 외연이 측정 가능하다는, 그로써 시의 대척점을 상정하고 지향할 수 있다는 주지주의적 태도를 전제할 뿐 아니라 시의 영토를 확장하겠다는 서구식 제국주의적 욕망을 거느린다.

*

말해지지 않은 꿈은 개인의 신체에 밀폐되어 있다. 그러나 꿈을 드러내려는 힘은 꿈을 더 깊이 은닉하는 힘과 연결된다. 꿈을 말하는 서사는 필연적으로 부서진 허구이기 때문이다. 이 양방향의 힘은 꿈―말하기에 수행적 측면을 부여한다.

*

꿈을 둘러싼 공동체의 문화는 꿈의 장면과 줄거리라는 개별 미시 서사를 창작하고 발화하는 작은 목소리들로 구성된다. 이는 개인을 거대 서사의 일부로 편입하려는 외부 압력에 대한 저항적 역능으로 작동할 수 있다.

*

　태몽은 한국의 전통적 성별이분법과 남아선호사상에 기초한 상징 체계를 공유하는 동시에 새로 태어나는 아이를 가족 공동체의 일부로 환대하는 역할을 맡는다. 태어난 아이의 삶의 서사는 태몽 서사와의 긴장 관계 속에서 펼쳐진다.

*

　논바이너리 젠더퀴어로서 나에게 태몽이 없었다는 사실이 의미심장하게 느껴진다. 개인 서사의 빈터를 시로 다시 써볼 수 있을까. 나를 환영해줄 장소가 전통적 가족 공동체의 내부는 아닐 것이다.

*

　꿈은 토막 난 비연속체의 형상이지만 우리는 구술 서사를 통해 꿈의 내용을 연속체의 위상으로 전환한다. 말해질 때 꿈은 현실과 연속되며 미래, 과거와 연속되고 순환하는 시간적 형상의 이음매가 된다.

*

　시간적, 공간적 제약을 넘어 내가 속한 공동체의 일원들과 협업하는 시 쓰기가 가능하다면 좋을 것이다. 책이라는 선형적인 장소가 시공간을 넘나들며 지속되는 이야기의 비선형성을 더욱 잘 보이고 잘 들리게 만들어줄 것이다.

*

　이 작업을 통해 전통적 공동체에서 문화적으로 추방된 퀴어들의 서사를 옹호할 뿐 아니라, 한국의 태몽 구술문화 역시 옹호함으로써 이중의 옹호를 발생시킬 수 있을까.

*

　질문은 이어졌다. 목소리, 몸, 시간성 등 구술의 현전을 페이지에서 어떻게 복원, 대체할 수 있을까. 책이라는 고정된 매체와 입말의 유동성을 어떻게 서로 관계 맺게 할 수 있을까. 성별이분법을 강화해온 상징들을 '퀴어-논바이너리 태몽'으로 전복할 때 어떻게 기존 상징 체계를 폐기하지 않고 내부에서 변조할 수 있을까. 태몽의 시적 재구성이 자기신화화로 미끄러질 위험을 어떻게 통제할 수 있을까.

*

그리고 질문을 잊었다.

*

『말 꿈 몸』은 1953년에 쓰인 아시아 첫 트랜스젠더에 대한 대만 신문 기사, 여성국극단 사진과 논바이너리 위키피디아의 일부, 태몽담에 관한 2000년대 국내 논문 발췌문, 미국과 이탈리아에서 쓰인, 구전된 트랜스젠더 민담 그리고 꿈과 트라우마에 관한 논문의 번역 발췌문, 미술 작가가 작성한 성폭력 피해 이후의 꿈을 적은 글을 읽어줄 낭독자 모집 안내문, 네 명의 동료 퀴어 시인들이 함께 써준 시 「합창」, 엄마가 공책에 직접 손으로 써준, 상상된 나의 태몽담 스캔본과 임신한 엄마의 사진 등으로 이루어져 있다. 내가 쓴 시들은 중간중간 배치되어 모든 문서들과 관계 맺고 대화하며 영향을 주고받는다.

*

이 책을 '나'의 시집이라고 부를 수 있다면 내가 다른 모두와 대화했기 때문일 것이다. 차학경이 사포, 유관순, 어머니, 잔 다르크와 대화했듯이. 부재하는 우리의 역사를

미친 유령처럼 다시 살아 돌아오게 할 수 있다면. 없는 태
몽이라는 개인 서사의 빈터가 다른 이들의 목소리로 우글
거리는 광장이 될 수 있다면. '나'의 삶이라는 환상 자체가
모종의 태몽이었음을, 이 책을 작업하며 내가 알게 되었듯
이, 상처 난 자리로 되돌아가는 시간의 나선 운동이 회복
의 한 방식이 될 수 있다면.

발문

전설은 셀프

이반지하

나의 태몽은 백마였다.

……고 나는 주절거리고 만다. 김선오의 초대에 계집애처럼 굴복한 것이다. 논바이너리답지 않게 여기서 말을 부연하기까지 하자면, 나는 나의 태몽에서 하얀 말로 분했다는 이야기다. 말은 예로부터 거대 남성기, 대물의 상징이자 실체로 유통되어왔다. 나는 태생부터 괜찮은 종마였다고 어깨를 펴며 말할 수 있겠다. 물론 백인 여자를 '살아 있는 흰색의 탈것'으로 지칭하는 식민지 남성들의 이죽거림도 떠오르긴 하지만, 대충 그 이국적인 면모만 보자면 되게 틀린 말은 아닐 수도 있다. 논바이너리네, 퀴어네, 이런 거 다 영어니까 얼추 나도 이국적인 셈이다. 나는 말자

지를 가진 백인 요부로서 남한 자궁에 상륙한 존재, 동시에 그 백마는 꿈에서 자궁주를 사납게 덮치며 공격하였다 하니 그 패륜적 면모 역시 부정할 수 없이 나의 형상이다. 그러니까 그 태몽은 나, 맞나?

　사실 꿈 얘기는 일단 질색이다. 누구든 기발하고 기상천외했던 지난밤 꿈을 나에게 전할라치면 나는 얼굴 근육을 얼른 꽉 당겨놓는다. 넘들의 꿈 얘기는 단 한 번도 대단히 감명 깊거나 가슴을 울린 적이 없었다. 꿈 얘기란 원체 그런 것이다. 지독히 1인칭으로 상영되는 혼자만의 영화이기에, 당사자가 느꼈을 생생함, 즉물적이라고까지 느꼈을 환상적인 경험이 준 깊은 흥분 자체에 공감할 길이 없다. 기본적으로 꿈이라는 원본의 질보다 꿈을 꾼 이의 퍼포먼스에 모든 것이 걸려 있다고 해도 과언이 아니다. 하지만 우리 모두가 뛰어난 이야기꾼일 수는 없기에(중요), 꿈이라 불리는 이야기들은 대체로 나를 간지럽히기조차 못했다. 다만 긴장시킬 뿐이다. 나도 모르게 중간에 딴짓을 해서 이 얘기에 조금도 흥미가 없다는 티를 내지 않기 위해 재빨리 사회적 나를 준비시켜야 하는 일인 것이다. 그래서 넘들이 잔뜩 기대에 찬 얼굴로, "어젯밤에 내가 어떤 꿈을 꿨는지 알아?"라고 물을 때마다 나는 '아, 알 리가 없잖아?'라고 생각하면서 두피 근육을 뒤로 꽈악 땡기는 것이다. 근미래로부터 몰려오는 지루함의 예고가 될 어떤 주름도 얼굴에 떠오르지 않도록. 이것이 바로 대부분의 퀴어들이 갖지 못했지만 나는 갖고 있는 사회성이라는 것이다.

이런 와중에 태몽, 태몽이라.

생각해보니 꿈 얘기와 태몽은 또 좀 다르다. 중구난방 나오는 꿈 얘기에는 한숨을 쉬며 거리두기를 할지언정, 누군가 '태몽'이라 이름 붙은 꿈 얘기를 꺼내버리면 여기에는 꽤 유혹적인 구석이 있다. 대체로 '나'의 태몽도 덧대어 말하고 싶어져 근질거리기 때문이다. 그래서 원치 않았지만 많은 부치들의 태몽이 조개인 것을 임상적 통계로서 알게 되기도 했다. 그런 의미에서 '태몽'이란 꿈들은 여타 꿈들이 가진 배타성과는 다르게 이미 상대와 무언가를 공유하고 있는 느낌이다. 공감을 향한 문지방이 상대적으로 낮다. 몇 가지 키워드와 도상을 통해 꿈꾼 자와 꾸지 않은 자 사이에 연결이 생겨버린다. 그렇게 많은 이들이 각자의 썰을 풀 준비가 되어 있는 바로 그 '태몽'을 김선오는 갖고 있지 않다고 했다. 그렇다면 굳이 없는 애 앞에서 태몽 얘기를 꺼낼 필요는 없었다. 그러나 없는 태몽 얘기를 먼저 꺼낸 것은 김선오 쪽이었다.

말. 꿈. 몸.

일단 고개를 끄덕이게 한 것은 이 조합이었다. 말과 몸

사이에 꿈이 있어야 한다는 것. 꿈의 위치는 반드시 말과 몸의 중간, 그러니까 둘 사이에 샌드위치 당해야 한다. 왜냐면 말과 몸을 곧바로 직접적으로 닿게 하기엔 좀 버겁달까, 석연찮은 구석이 있기 때문이다. 몸이 여기라면 말은 저기에 가깝다. 그렇다면 중간 다리 정도가 있어주면 좋겠는데, 그게 꿈이라면 아, 그럴듯한데 하는 생각이 드는 것이다. 말은 몸에 대한 꿈을 꾸어야 하고, 몸은 말에 대한 꿈을 꾸어야 한다. 그래야 서로가 바로 연결되어 있는 듯한 착각을 할 수 있고, 그 착각이 몸과 말을 각각 또 함께 살게 한다. 말-꿈-몸이 순서는 맞았다, 김선오. 나는 그것에 동의할 수 있다.

말은 때론 몸을 먹으려고 한다. 말은 통하려고 만들어진 주제에 몸을 정의하고 규제하려 한다. 정의하기 전에 통계도 곧잘 하는데, 그 과정에서 많은 몸뚱어리들이 조각난다. 말에는 시건방이 기본으로 깔려 있는 것이다. 그래서 말이 확 앞서 나가려고 할 때 잠깐 잡아채어 꿈을 꾸라 해야 한다. 지금 몸을 잊은 건 아닌지, 몸에 대한 꿈꾸기를 지나친 것은 아닌지 체크시켜야 한다.

몸은 그냥 존재하는데 그 자체로 항상 꿈을 꾼다. 그래서 여러 가지가 몸을 자주 떠났다 자주 돌아온다. 다양한 이동이 몸을 두고 일어난다. 그런 떠남과 돌아옴 중에 하나가 말이다. 몸이 꾸는 많은 꿈 중에 하나가 말이라고 나는 생각한다. 그래서 말과 꿈은 연결되어 있고 일치하며 슬쩍 분리도 된다.

몸과 말은 서로를 배신하기도 하는데, 그것 참 슬프다. 그럴 때 꿈이 다시 끼어들어야 한다. 너희는 서로 이래서는 안 된다고 말해주는 방식이라기보다 본연의 연결성을 찾아주는 방식이다. 어떤 느낌으로 말해주냐면 되게 부드럽고 곱게 부푼 거품이나 기포 같은 느낌으로, 김선오라면 해파리라고 했을까? 슬쩍 없듯이 전체를 감아쥐고, 기억하지? 니네는 원래 하나이기도 하다, 라고 말해주는 것이다.

그래서 나는 말 꿈 몸이라는 말을 참 잘 지었다고 생각했다. 이것은 맞는 배열 중 하나이다. 말 몸 꿈이라든가 몸 말 꿈이었다면 조금 흠~ 했을 것이다. 하지만 말 꿈 몸이었기에 제법 과녁의 중앙을 때렸군, 김선오, 라고 평가했던 것이다.

김선오는 아마도 연결되고 싶어 하는 시인인 것 같다. 최대한 여러 접촉면들로 타인과 독자에게 가닿고 싶어 하는 시인인 것 같다. 나는 그가 시 사이사이에 넣어놓은 사진들과 참고 서술들과 합창이자 지독한 불협일 낭독 퍼포먼스 대본을 보며 그렇게 생각했다. 그는 친절한 길잡이

인 것도 같다. 시가 시가 되기 전까지의 과정마저도 독자를 참여시키고 싶어 하는 듯하다. 과정 말고 완성만 보고 싶어 하는 독자도 있겠지만, 어쨌든 이번에는 그들의 손을 부러 끌고 와 눈앞에 들이밀기로 한 것 같다. 봐, 라고 말한다.

그는 무려 친엄마와 사이도 좋은지 엄마에게 가짜 태몽 창작까지 맡겨 자기 시집에 끼워 넣었다. 이 부분은 참 대단한 능력이라고 봐야 할 것이다. 논바이너리 젠더퀴어라는 말만으로도 머리가 아프실 텐데 그 와중에 김선오의 입맛에 맞는, 없는 태몽까지 지어내야 했던 김선오 엄마의 삶에 대해, 그녀의 팔자에 대해 잠시 생각한다. 그러다 김선오가 환하게 웃고 있는 엄마 사진을 시집에 박제했단 걸 기억해낸다. 김선오는 독자가 그녀의 고충에 대해 생각하기 전에 그 생각을 미리 마비시킨다. 그래, 좋은 게 좋은 거지~ 하게 만든다. 어떤 불효는 고통이 아닌 웃음을 박제시킴으로써 완성되는지도 모른다.

그렇게 후루룩 한 번 더 넘겨보던 책 중간에 고 변희수 하사의 얼굴이 눈앞에 스치는데. 변희수. 흠, 죽은 양반. 그래 뭐 죽은 퀴어가 한둘인가. 나도 언젠간 죽은 퀴어가 된다. 궁금한 것은 퀴어들이 그렇게 죽어갈 때 그들의 말도 꿈도 몸도 함께 죽는가 하는 점이다. 김선오는 시집 중간에 변희수 하사의 말 꿈 몸에 대해 생각하게 만든다.

　나는 34쪽 「둘」에 북마크를 해두었다. 황새가 가져온 넓은 뼈에 덮이는 상상을 한다. 우글우글, 벌레와 알들 사이에서 함께 우글대는 존재가 되는 상상을 한다. 그런 순간에도 죽은 나무가 되살아나서 깽판을 치지 않는다는 것이 좋다. 그런 부분이 꿈 같다.

　110쪽 「환영의 맛」도 참 맛있는 글이다. 호랑이와 나의 이야기가 좋다. 영화관에서의 이야기가 영화처럼 눈앞에 그려진다. 농담 같기도 사랑 같기도 한 이야기. 키스라는 건 결국 상대와 먹고 먹히는 일이라는 것을 새삼 떠올리게 한다. 서로를 뜯어먹는 일인 것이다, 키스라는 건. 근데 그러고 보니 이거 태몽인가? 태몽이라면 제법 섹슈얼한 태몽이다. 아이가 일정 연령 이상이 되기 전까지는 떠벌리고 다니기 다소 남사스러운 태몽이다. 김선오, 너는 이런 태몽을 꿈꾸는가. 호랑이가 '그만해, 제발'이라고 했지만 키스해버린다? 더럽게 꼴린다. 거칠거칠한 호랑이의 입술과 눅눅한 침에 대해 생각한다. 이런 취향에는 언제든 공감할 준비가 되어 있다.

　90쪽 「길들이는 살」도 좋다. 뭐든 '알아서' 하는 너가 좋고, 백 개의 슬리퍼를 신은 해파리의 백 개의 다리 같은

것이 징그럽고 아름답게 느껴진다. 잠든 머리를 쓰다듬으
면 꿈을 만지는 일이 된다는 얘기는 무척 로맨틱한 느낌이
다. 애정을 만지는 것 같은 느낌을 준다. 조금 떼어놓고 생
각해보면 음흉한 상황이긴 하지만 말이다.

　논바이너리 젠더퀴어로서 김선오에게 태몽이 없었다는
사실은
　몸에 대한 꿈을 스스로 꾸게 한 듯하다.
　논바이너리 젠더퀴어로서 자궁에게 달겨드는 백마 태몽
을 가진 나도 어쩔 수 없이
　흰 말을 먼저 뛰쳐나가게 한 후
　이 몸을 등장시키기 전에
　꿈을 늘어놓을 수밖에 없을 것이다.

　그래도 우리의 꿈은 여전히 세상에 없고,
　또 같지 않을 것이다.
　그러니까 각자의 전설은 스스로 쓰는 게 맞다,
　김선오처럼.

이반지하
　가부장제와 퀴어성, 젠더와 매체의 경계를 가지고 놀며 작업하는 다학
제 미술가, 작가.

이 책은 경기도, 경기문화재단 2025 경기예술지원 〈경기문학 출간지원〉 사업
지원으로 발간되었습니다.

어떤시집 01

말 꿈 몸

초판 1쇄 발행 2026년 3월 6일

지은이 김선오

펴낸이 허정도
편집장 박윤희
책임편집 김정은   **디자인** 서윤하
마케팅 신대섭 김수연 배태욱 김하은 이영조   **제작** 조화연
2차 저작권 문의 안희주 문주영

펴낸곳 주식회사 교보문고
등록 제406-2008-000090호(2008년 12월 5일)
주소 경기도 파주시 문발로 249 (10881)
전화 대표전화 1544-1900   주문 02)3156-3665   팩스 0502)987-5725

ISBN 979-11-7061-367-1 (03810)
책값은 표지에 있습니다.